あ！　夕陽先輩、
どこ行くんですかー！
せっかく会えたんですから、
おしゃべりしましょうよー！
してくださいよー！！
JN068307
高橋結衣
千佳と同じ、ブルークラウン
所属の新人声優。
何事にもめげない明るさで突き進む、
猪突猛進タイプ。
夕暮夕陽の大ファンで
彼女に認められたいと
奮闘するが……？
SCENE #01
期待の後輩声優!?

あー……、
ようやく頭が冷えたわ

なんとなんと〜？　春放送のテレビアニメでも
共演することになりました！

声優ラジオのウラオモテ

#05 夕陽とやすみは大人になれない？

びっくりだよ〜！　しかも、親友役！
もう運命の相手って感じ！

二月　公　イラスト／さばみぞれ

ここ廊下なんだし、
あんまり長話はよくないし、
そもそも
抱き着かないで頂戴……。

もー……、これどうすんのー……、
明日学校なのにさぁ……
SCENE #02
夜の海にDIVE!?

おはようございます、高橋結衣です！
尊敬している人は夕暮夕陽先輩です！
よろしくお願いします！
コーコーセーラジオ！ with 高橋結衣！
SCENE #03

はいはーい、今日はゲストさんが来てるんですよ。早速どうぞー
声がでかい……!

だれとは言わないけど、
人付き合いがチュートリアルで
止まってるような奴だから
夕陽とやすみのコーコーセーラジオ！
YUHI to YASUMI no KOUKOUSEI RADIO!
は？ 逆にあなたはチュートリアルを

On Air List

夕陽とやすみのコーコーセーラジオ!

声優ラジオのウラオモテ

NOW ON AIR!! 第52回

「ユウちゃん！」

「やっちゃんの！」

「「コーコーセーラジオ！」」

「はいはい～、ユウちゃんですよ～」

「どもども、やっちゃんです！」

「本日の『ユウちゃんやっちゃんのコーコーセーラジオ！』は、告知をさせて頂こうと思っています～」

「うんうん！　ビッグなニュースをお届けするね！　みんな、準備はいいかな～？」

「なんとなんと～？　わたしたち、またまた！　共演が決まりました～！　『ティアラ☆スターズ』という作品です！　ふたりともアイドルの女の子役です！　しかも、同じユニットで活躍するんですよ～」

「テレビアニメは夏放送！　ゲームアプリのリリースも同時期みたいです！　そしてそして！　既にライブの開催も決定してるんだ！」

「アニメでもゲームでも、いっぱい歌ってますよ～。すっごく力の入った作品なので、ぜひぜひ追いかけてくれると嬉しいです～」

「そうなんだよね！　リスナーさんは、ぜひ追いかけてほしいな！　だって、やすみたちがいっぱい出てるんだもん（笑）」

「そうだね～、見ててほしいなぁ（笑）これから『ティアラ』でいっしょにいる時間も長くなるから、ますます仲良くなっちゃうしね～（笑）」

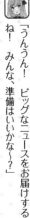

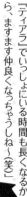

「今でもすっごく仲良しなのに、これ以上なんて～！　しかもしかも！　今回は、それだけじゃないのです！　春放送のテレビアニメ、『魔女見習いのマショナさん』でも、親友役同士で共演することになりました！」

「もうびっくりだよ～！　ここでも共演⁉　って！　しかも、親友役！　もうやっちゃんったら、運命の相手って感じ(笑)」

「運命だよね！(笑)」

「プライベートでもお仕事でも、こんなにいっしょになるなんて、なかなかないよねぇ」

「本当だね！　すっごく嬉しいな～！」

「そうだよね～！　あ、この『魔女見習いのマショナさん』のお話なんですけど、実は放送も割とすぐで～……」

「あ、その話もしよっか！　えっと、それでね……」

to be continued……

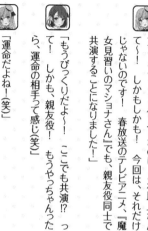

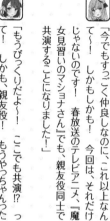

「あの、本当に心配をお掛けして……。今日はお礼だから、あの、好きなだけ食べて？　ほ、本当に遠慮しなくていいから！」

「えぇー？　でも、あたしはべつに何もしてないしぃ～。結局、秋空《あきそら》さんが全部解決しちゃったわけだからさぁ～。お礼を言われると、逆に困るっていうか～」

「そ、そんなことないよぅ。イジワル言わないでよ、やすみちゃん～」

テーブルの向こうで、乙女《おとめ》が弱った声を出している。

困り顔で両手を合わせていた。

しかし、そこに以前のような不安に支配された表情はなく、顔色もいい。

笑顔だって明るく、可愛《かわい》らしいものに戻っていた。

ここは都内にある、見るからに高そうなお寿司屋《すしや》さん。

その中の一室。

店構えからして「ここは高いお寿司屋《すしや》さんです！」と主張していたし、内装も上品な和を感じさせる。回転寿司《かいてんずし》とはぜんぜん違う。大人のオーラがぺかーっと輝いていた。

高校生の来る場所ではない。

最初は居心地が悪かったが、個室に入ると何とか落ち着いてきた。

さっきのイジワル発言も、お店の人の目がないからできるだけだ。

「ふたりには、物凄《ものすご》く感謝してるから～……！　やすみちゃんたちがいなかったら、今頃、わたしはどうなっていたかわからないんだし！　だから、ね？　機嫌直してよ～……」
乙女《おとめ》は何度も何度も、こちらの機嫌を窺《うかが》っていた。
驚くほど綺麗《きれい》な顔をしているのに、さっきから表情が困り顔で固定されている。
腰まで伸びたさらさらの髪は、オシャレに後ろでまとめられていた。
薄い桜色のブラウスに、春らしい爽やかなロングスカートがとても似合っている。
桜並木《さくらなみき》乙女《おとめ》。
声優事務所トリニティ所属の大人気声優である。
先輩声優である彼女を、別に本気で困らせたいわけではない。
単に嬉《うれ》しくて、じゃれているだけだ。
ちなみに、乙女《おとめ》が言うふたり、というのは。
「……やすはともかく、わたしは本当に何もしていませんが」
隣にいる夕暮夕陽《ゆうぐれゆうひ》――、渡辺千佳《わたなべちか》が含まれている。
特徴的なのは目を隠すほどの長い前髪と、その奥にある可憐な顔立ち。
それに加え、細い肩や小さな体軀《たいく》が一見儚《はかな》げな少女だと思わせる。
だが、中身はとにかく気が強い。目つきも鋭かった。
制服を着ているが、一切着崩さない優等生じみた着こなしをしていた。
そんな千佳《ちか》の容姿と、由美子《ゆみこ》はまさに正反対。

髪はアイロンでゆるく巻き、アクセサリーで着飾り、メイクもバッチリ。

スカートは短く、ブラウスのボタンは上からふたつ開けていた。

だれがどう見ても、ギャル、といった風貌だ。

見た目からして、正反対の由美子《ゆみこ》と千佳《ちか》。

しかし、由美子《ゆみこ》は歌種《うたたね》やすみ、千佳《ちか》は夕暮夕陽《ゆうぐれゆうひ》という芸名で、同じく声優活動をしている。

乙女《おとめ》がさっきから平謝りしているのも、声優活動に関係のあることだ。

桜並木《さくらなみき》乙女《おとめ》は、心身のバランスを大きく崩し、声優を続けられるかどうかの窮地に立たされていた。

それを何とかしようともがいたのが、由美子《ゆみこ》と千佳《ちか》のふたりだった。

なので、千佳《ちか》の発言は間違いである。

「いや、渡辺《わたなべ》がいなかったら、秋空《あきそら》さんは乙女《おとめ》姉さんに会えなかったわけだし。いろいろ協力してくれたんだし、何もしてない、なんてことはないと思うけど」

由美子《ゆみこ》がさらりと言うと、千佳《ちか》は少しだけ驚いた表情になる。

それに続いて、乙女《おとめ》が慌てて言葉を並べた。

「そうだよぉ。夕陽《ゆうひ》ちゃんも、すごくいろいろしてくれたって聞いてるから。本当にありがとう。だから、ささやかだけど今日はお礼ってことで、受け取ってくれると嬉《うれ》しいな」

「まぁ……、そういうことなら」

千佳《ちか》はちらりと由美子《ゆみこ》を見たあと、髪に指をやる。

何を照れてるんだか。

そんな千佳《ちか》を横目で見つつ、由美子《ゆみこ》は不貞腐《ふてくさ》れを続行した。

「そうなんだよな～、姉さんに必要だったのは秋空《あきそら》さんなわけでしょ。秋空《あきそら》さんを連れて来たユウはいいけど、あたしがしたことは些細《ささい》なことっていうかさぁ。お礼を言われるほどでもないんじゃないかな～」

「や、やすみちゃん～」

「桜並木《さくらなみき》さん、相手にすれば図に乗るので。これは拗《す》ねてるフリですから」

千佳《ちか》に指を差されたので、「うるさいなぁ」と彼女の指を摑《つか》む。

まぁ実際にフリなのだが。

乙女《おとめ》の反応を楽しんでいるだけだ。

何せ、活動休止中の乙女《おとめ》は見ていられなかった。

何を言っても言葉は届かず、胸が痛むような笑みを見せるだけ。

だから、こうして困ったように笑う姿や、焦《あせ》ったりする顔が嬉《うれ》しくて、ついついイジワルしてしまう。

「こん、ばんは」

そこに、別の声が加わる。

襖《ふすま》を開けて顔を出したのは、落ち着いた雰囲気の女性だった。

艶《つや》やかな黒髪を肩に届くまで伸ばし、黒縁の眼鏡が知的な印象を与える。

おそらく会社帰りなのだろう、スーツに身を包んでいた。

「あ、紅葉《もみじ》ちゃん……！　来てくれて、ありがとう！」

乙女《おとめ》がぱっと明るい表情になると、彼女——秋空紅葉《あきそらもみじ》はぎこちなく微笑《ほほえ》んだ。

秋空紅葉《あきそらもみじ》。

乙女《おとめ》と同じく、トリニティ所属で乙女《おとめ》と同期の声優だ。

声優業はほとんど引退している彼女だが——、乙女《おとめ》の窮地に、最後の最後で駆けつけてくれた。

秋空《あきそら》がいたからこそ、桜並木《さくらなみき》乙女《おとめ》は立ち直れた。

あのとき何を話したのか、由美子《ゆみこ》たちには知る由《よし》もない。

だが、あのあとも交流は続いているようだ。

今回の食事に秋空《あきそら》も誘いたい、だけど迷惑かな……、と乙女《おとめ》は悩んでいたが、由美子《ゆみこ》が背中を押すと、勇気を出して連絡した。

そして今、秋空《あきそら》はこうして来てくれている。

乙女《おとめ》は、秋空《あきそら》が応じてくれるのなら、仲良くしたいと思っている。

秋空《あきそら》はまだ少し、乙女《おとめ》に対して後ろめたさがあるようだ。

今も部屋には入らず、気まずそうに面々を見渡している。

由美子《ゆみこ》と千佳《ちか》が挨拶をすると、ようやく口を開いた。

「……わたしも、ここにいていいんでしょうか。邪魔になるんじゃ」

躊躇《ためら》いがちに、そんなことを言う始末。

それにつられるように、乙女《おとめ》が不安そうな顔になった。

「や、やっぱり迷惑だった……？　せっかく会えたんだから、わたしは紅葉《もみじ》ちゃんとも仲良くしたいな、って……。でも、紅葉《もみじ》ちゃんが嫌なら……、はっきり言ってもらったほうが……」

「わ、わたしは迷惑だなんて……。でも、桜並木《さくらなみき》さんたちこそ、気を遣うんじゃないかって……。空気が悪くなるなら、わたしはお暇《いとま》したほうが……」

ふたり揃《そろ》って、もじもじと遠慮を重ねている。

彼女たちの状況を鑑みれば、互いに気を遣うのは仕方ない。

けれど、壁がなくなるのであれば、それに越したことはないと由美子《ゆみこ》は思う。

「秋空《あきそら》さん、あたしたちは大歓迎ですから。お話、聴きたいです。それに、空気悪くする要員はもうここにいますから」

「は？」

笑いながら隣の千佳《ちか》を指差すと、鋭い眼光をカッと向けてくる。

「出たわ。あなたのそういうところ、本当に嫌い。なぜ、そこまでガサツになれるの？　そういう発言が一番空気を悪くするって気付けない？　だからあなたは……」

「――と、いう感じで。すぐに噛《か》みつく奴《やつ》もいるんで。ぜんぜん気を遣わないでください」

「ちょっと！　人をそんな動物か何かみたいに！　あなたね、今のは完全に佐藤《さとう》が仕掛けたでしょうに！　なのに、何を自分だけ物わかりがいい、みたいな顔で……！」

「あ、渡辺《わたなべ》。もういいよ、ありがと」

「……っ！」

わなわなと震え始め、千佳《ちか》はこちらを睨《にら》みつけてくる。

その視線をしれっと躱《かわ》すと、彼女はますます悔しそうな顔をした。

それを見ていた秋空《あきそら》が、くすりと笑う。

「不思議な人たちですね、本当に。そこまで言ってくださるのなら、お邪魔します」

ようやく、秋空《あきそら》が部屋に足を踏み入れてくれた。

乙女《おとめ》が嬉《うれ》しそうに、隣の席をぽんぽんと叩《たた》く。

さすがの千佳《ちか》も、それで矛を収める気になったらしい。その場に座り直した。

そして、まるで八つ当たりするようにぼそりと呟《つぶや》く。

「……まあ。桜並木《さくらなみき》さんにお礼してもらうというのなら、最後に全部持っていった秋空《あきそら》さんがしてもらうべきだと思います」

「それは本当にそうね。あたしら何もしてないし」

由美子《ゆみこ》が同調すると、乙女《おとめ》が再び困った顔で、「ふたりとも〜……」と弱々しい声を上げた。

乙女《おとめ》はコースを予約してくれたそうで、何も言わずとも部屋に料理が運ばれてくる。

てっきりお寿司《すし》だけ出てくると思っていたが、最初は何やらよくわからないチマっとしたものが出てきた。

首を傾《かし》げながら食べる。……さらに首を傾《かし》げる。

乙女《おとめ》と秋空《あきそら》はおいしそうに食べ、お酒が進んでいたようだが、千佳《ちか》と由美子《ゆみこ》は顔を見合わせて、「高いお店ってこういう感じなの？」とぼそぼそ話した。

しかし、握り寿司《にぎずし》が運ばれてくると、一気に空気が変わる。

「おおう……」

寿司《すし》ゲタに載せられた、数々の握りからはオーラが溢《あふ》れていた。

もはや妖艶《ようえん》と言える赤色の鮪《まぐろ》は、ほのかに光を纏《まと》って色気を出している。

白い輝きを放つ烏賊《いか》や、貫禄すらある朱色の海老《えび》……。

何の魚かわからないものもあったが、揃《そろ》いも揃《そろ》って高級そうな空気がすごい。

「あ、ほかに食べたいものがあったら、遠慮なく言ってね。追加で注文するから。本当に遠慮しなくていいからね」

乙女《おとめ》は本心から言ってくれているんだろうが、そう言われても……、という感じだ。

これ、めちゃくちゃ高いんじゃないの……？

いや、店の外観からしてそんな雰囲気はしていた。

「ふたりとも、本当にいろいろとありがとう！　お礼にご馳走《ちそう》させて！」

乙女《おとめ》にそう誘われ、「おいしいもの食べさせてくれるんだ～」とほいほいついてきたが、店構えに圧倒されたのを思い出す。

駅から少し離れ、ちょっと入り組んだ場所にこの店はある。

石畳の細い道、控えめに照らす提灯《ちょうちん》、難しい漢字が書かれた暖簾《のれん》……、あまりにも上品で高級そうな入り口を前に、女子高生ふたりは大いに慄《おのの》いたのだ。

「え、ここめっちゃ高いところじゃないの……？　い、いいの、こんなところ入って」

「わ、わたしたち、制服だけどいいのかしら……。あ、制服だったら正装になる……？　で、でも桜並木《さくらなみき》さん、普通に私服よね……」

「すっごく下世話な話だけど、乙女《おとめ》姉さんってそんなにもらってるのかな……？」

「え、でも、桜並木《さくらなみき》さんの芸歴ってそこまでじゃないわよね……？」

珍しく身体《からだ》をくっつけ合い、ぼそぼそと内緒話をするくらいには動揺した。

個室に通されて身内だけになったから、さっきまでは落ち着いていたが……。

こうして高級感溢《あふ》れるお寿司《すし》を前にすると、ここがどんな場所かを思い出す。

緊張するが、乙女《おとめ》が普通に「いただきまーす」と言っているので、由美子《ゆみこ》も手を合わせた。

とりあえず、中トロ？　らしき物体を口に入れる……。

「…………！」

びっくりした。

感じたことのない味わいだった。

魚の上品な脂がふわりと浮かび、ネタが舌の上で溶けていく。

強烈な旨味《うまみ》が口の中いっぱいに広がり、控えめに香る醤油《しょうゆ》と混ざり合った。

あらかじめネタには醤油《しょうゆ》がついていたようで、それにも驚く。

はらりとほどけるシャリとともに、三位《さんみ》一体《いったい》で脳に直接「旨味《うまみ》」を叩《たた》きこんできた。

うっま……、なんだこれ……。

旨《うま》すぎ……。

え、大丈夫？　こんなおいしいものを食べたら、バカにならない……？

「あぁ、すごくおいしい」

秋空《あきそら》の声に顔を上げる。

彼女はお寿司《すし》を見つめ、感動で口を押さえている。

上品な驚き方だった。

乙女《おとめ》は乙女《おとめ》で、「よかった～」とニコニコしている。

「でも、桜並木《さくらなみき》さん。こんなにいいお寿司《すし》をご馳走《ちそう》になっていいの？　高いでしょう、ここ」

「あ、そうでもないよ？　すっごくおいしいんだけど、意外とリーズナブルだし……。それに、みんなにはすごく助けてもらったから、お礼したかったし」

取り乱すことなく、普通に話しているのが信じられない。

え、そんなもの？　その程度のリアクション？

こんなお寿司《すし》食べて？

大人ってこわ……。

思わず、同じ高校生の千佳《ちか》を盗み見る。

そして、その反応にほっとした。

「……………………………おいしすぎて怖い」

寿司《すし》を口に入れた姿勢で固まったあと、ぽつりと呟《つぶや》く。

戦慄。戦慄だ。

人はあまりにおいしいものを食べると、恐《おそ》れ慄《おのの》く、というのがわかった。

しかし、ひとつ疑問が湧いて、千佳《ちか》にそっと囁《ささや》く。

「渡辺《わたなべ》の家ってお金持ちじゃん？　こういうお寿司屋《すしや》さんって来たことないの」

「初めて。うちのお母さんって、外食は手軽さ、楽さを重視しているから」

「あぁ……」

なんとなく想像がつく。

あの厳しそうな顔が緩み、おいしいおいしいと食べる姿より、さっさと食べてさっさと店から出る姿のほうがイメージに合う。

さらに千佳《ちか》は、面白くなさそうに答えた。

「それにお母さんって、わたしの舌が子供だと思っている節があるのよね。失礼な話だわ」

「あぁ………」

それはもっと想像できる。

何なら共感できる。

千佳《ちか》の場合、ファミレスのハンバーグやチェーン店のカレーをおいしそうに食べるだろうし、何なら「そっちのほうが喜ぶんじゃ？」と千佳《ちか》の母も思っていそうだ。

千佳《ちか》の母が手軽さを重視するというより、千佳《ちか》が好きそうな店に行くと、結果的にそうなるのではないか。

本当のところは、わからないけれど。


隣に秋空《あきそら》がいて緊張しているのか、乙女《おとめ》のお酒の進みは早かった。

どうやら秋空《あきそら》もそのペースにつられているらしく、ふたりの酔いは徐々に回っていく。

しかし、そのおかげで緊張はほぐれ、口数も多くなった。

和やかな食事の席を楽しんでいると、秋空《あきそら》が会話の流れでこう切り出す。

「でも桜並木《さくらなみき》さん。もう後輩に心配を掛けるようなことは、しちゃダメですよ」

乙女《おとめ》は酔いで赤くした顔で、目をぱちくりとさせた。

日本酒が注がれたグラスを見つめ、そっと頷《うなず》く。

「……うん。もうあんなこと、ないようにする。やすみちゃんにも夕陽《ゆうひ》ちゃんにも、紅葉《もみじ》ちゃんにも、心配掛けないようにするから」

確かめるように呟《つぶや》いたあと、ふふっと穏和に笑った。

「マネージャーさんとも話し合って、仕事よりも健康を優先することにしたんだ。焦《あせ》らず、慎重にやってく。無理してもよくない、って今回のことではっきりわかったから」

その言葉は、由美子《ゆみこ》が何より望んだものだ。

今まで彼女は、何を言ってもずっと無理して走り続けていた。

身体《からだ》を慮《おもんぱか》って速度を緩めてくれるのなら、こんなに嬉《うれ》しいことはない。

由美子《ゆみこ》は穏やかな気持ちで聞いていたが、秋空《あきそら》の一言で場の空気が凍った。

「それは、わたしが倒れたときに学んでほしかったですけど」

秋空《あきそら》はさらっと言うが、その言葉は相応に重い。

ほかの三人の心が押し潰されそうになる。

それに気付いた秋空《あきそら》は、慌てて言葉を付け足した。

「あぁいえ。自虐したいわけじゃないんです。ただ、せっかくなら自分の失敗を、ほかの人には活《い》かしてほしいじゃないですか。ええと、尊い犠牲になる……、というか。カエルの解剖的な？　いや、これ違いますね……」

ド下手くそな例えをぶつぶつ言うあたり、秋空《あきそら》もかなり酔っているのかもしれない。

フォローを入れるつもりで、由美子《ゆみこ》は話を繋《つな》いだ。

「でもあたしも、乙女《おとめ》姉さんのことがあって、いろいろ考えることが増えました。進路とか、悩み始めましたし。このままじゃダメだな、ってすごく思って」

「え、そうなの？　それって、どんな？」

「えっと……」

乙女《おとめ》に突っ込まれて、思わず秋空《あきそら》をちらりと見てしまう。

勢い任せに口に出してみたものの、この話は秋空《あきそら》が気を悪くしないだろうか。

ごまかそうか、とも思ったが、先に秋空《あきそら》が感付いた。

ふっとやさしい笑みを浮かべ、こくりと頷《うなず》く。

「聞かせてください、歌種《うたたね》さん。もしかしたら、何か役に立てるかも。それこそ、わたしだから言えることがあるかもしれません」

……やはり、この人はやさしい。

由美子《ゆみこ》は秋空《あきそら》のやさしさに甘え、悩みを吐露することにした。

そのとき、隣の千佳《ちか》を一瞥《いちべつ》してしまったのは、少し気恥ずかしかったから。

できるだけ気にしないようにして、口を開いた。

「あたし、高校卒業したら声優一本でやっていくつもりだったんです。母がスナックやってるんで、そこを手伝いながら声優に専念しようって。でもなんか、それでいいのかなって……」

少し前までは、それでいいと思っていた。

自分が声優として大成する自信があるわけじゃないが、全く売れてないわけでもない。

卒業したら本腰を入れて、たくさんオーディションを受けて、いっぱい仕事がもらえるよう、努力する。

それでいつか、プリティアのオーディションにも受かるんだ――、と。

売れなかったときのことを、まるで考えなかったわけじゃない。

だけどきっと、無意識に目を逸《そ》らしていた。

それが今回、現実として目の前に立ち塞がった。

乙女《おとめ》が倒れ、秋空《あきそら》が引退した話を聞き、「このままでいいのか？」と感じ始めた。

現実が現実味を帯びた、というか。

ぼやけていた未来が、はっきりと見え始めた。

そんな由美子《ゆみこ》の言葉に、乙女《おとめ》と秋空《あきそら》は同時に「あー……」と声を上げる。

「……わたしも活動休止中に、転職を考えたよ。求人雑誌とか転職サイトも見てたし」

乙女《おとめ》が気まずそうに口を開く。

彼女が塞ぎこんでいたときを思えば、不思議でもない。

しかし、あの桜並木《さくらなみき》乙女《おとめ》でさえ転職を考えていた、というのは胸にズシンとくる。

さらに乙女《おとめ》は、肩を落としながら苦しい話を続けた。

「これは大変だぞって思った。わたしも、高校卒業してそのまま声優一本になったから。この業界以外の職歴は真っ白だし、資格も何もなかったから……。声優をやめたあと、何ができるか？　って考えたら、何もなくて……」

むむむ、と口を真一文字にする乙女《おとめ》。

そのあと、秋空《あきそら》も遠くを見るような目をした。

「わたしも、就職は苦労しましたね……。大学か専門学校は行っておくべきだった、と思いました。選択肢がとても少なくて。わたしは運よくまともな会社に入れましたが、いわゆるブラック企業の求人も多くて……。待遇がどうって話じゃなくて、そもそも労働環境がひどすぎたりとか……」

ふふふ……、と秋空《あきそら》は真っ白な顔で笑う。

そのあと、表情は戻ったものの、

「まぁ。一番ブラックな労働環境は声優業界でしたけど」

と言って、乙女《おとめ》をけらけら笑わせていた。

いや、笑えないんだけど。

ジョークが重いよ。

ひとしきり笑ったあと、乙女《おとめ》は再び口を開く。

「だからわたしも、何か保険をかけておこうって思ってるよ。時間はできたわけだし、資格取ったりとか、いろいろしておこうって。これから何があるか、わからないからね」

その一言は、重い。

今、目の前にいるふたりは声優として順風満帆だったのに、それでも転んでしまった。

何があるか、本当にわからない。

由美子《ゆみこ》は隣を見やる。

千佳《ちか》は黙って、ふたりの話に耳を傾けていた。

綺麗《きれい》な横顔に表情はなく、何を考えているかはわからない。

「渡辺《わたなべ》は、進路どうすんの」

千佳《ちか》はさらりと髪を揺らし、こちらに目を向けた。

「わたしは、大学に進学予定」

「そうなんだ」

その答えは、意外と言えば意外だった。

てっきり、千佳《ちか》はこのまま声優街道を突き進んでいくのかと。

するとと彼女は、露骨にため息を漏らした。

「本当は声優一本でいきたいけれど。お母さんが、大学だけは行ってくれってうるさくて。何をするかわからない人だし、それには従うつもり」

なるほど。

千佳《ちか》の母の意向ならば、納得する。確かに言いそうだ。

千佳《ちか》は大学に行くのか……、とぼんやり思った。


「姉さん、ご馳走様《ちそうさま》でした！　すごくおいしかったー、なんだか大人になった気分だよ」

「ご馳走様《ちそうさま》でした。おいしかったです」

「ううん、ぜんぜん！　ふたりがしてくれたことに比べたら、こんなの……」

「……桜並木《さくらなみき》さん、やっぱりわたしは自分の分は……」

「もう、紅葉《もみじ》ちゃん！　いいって言ったでしょ？　やめてってば～」

大変おいしいお寿司《すし》を堪能《たんのう》し、由美子《ゆみこ》たちは店をあとにしていた。

これから用事のある由美子《ゆみこ》、明日は朝から仕事の千佳《ちか》はここで帰るが、どうやら乙女《おとめ》はまだ紅葉《もみじ》といっしょにいたいようだ。

締まりのない顔で、秋空《あきそら》の腕を抱いている。

「ね、紅葉《もみじ》ちゃん。もう一軒行かない？　まだ飲み足りないよ～」

「はいはい……。わかった、わかった。行きましょう。とことん付き合うわ」

「やった～」

えへへ、と乙女《おとめ》はだらしなく笑っているが、秋空《あきそら》の表情も緩い。

彼女の顔も赤いから、程よく酔いが回っているのだろう。

乙女《おとめ》は言わずもがな、だ。

最初はふたりとも緊張していたが、アルコールがどうにか壁を壊してくれたらしい。

乙女《おとめ》があれほど酔うのも珍しかった。

「やすみちゃん、夕陽《ゆうひ》ちゃん、またね～」

乙女《おとめ》はご機嫌な様子で、ぶんぶんと手を振っている。秋空《あきそら》が隣で小さく会釈《えしゃく》をした。

千佳《ちか》といっしょに、夜の街に消えゆくふたりを見送る。

ほう、と息が漏れた。

「……寂しい？」

千佳《ちか》がこちらを覗《のぞ》き込《こ》んできた。

慌てて、自身の顔に手をやる。

「え、そんなふうに見えた？」

「いえ……。でも、桜並木《さくらなみき》さんがやけに楽しそうだったから。こういうとき、好きな人を取られちゃった気分になるのかなって」

「あぁ……、そういうこと。まぁ、そういう人もいるかもだけど」

確かに感傷的にはなったが、寂しいとかそういうのではない。

乙女《おとめ》が楽しそうな姿を見て、秋空《あきそら》とのわだかまりが消えていくのを見て、「あぁよかったなあ……」と嬉《うれ》しくなっただけだ。

以前のことがあるだけに、明るい彼女を見るとほっとする。

その気持ちといっしょに、「別に心配しなくていい」と千佳《ちか》に伝えた。

すると、千佳《ちか》はふん、と鼻を鳴らす。

「別に心配なんてしていないわ。あなたが大人しいと気持ち悪いだけ」

「こいつ……」

相変わらずの憎まれ口にムカムカしながらも、ここは矛を収める。

せっかくおいしいご飯を食べたのだから、後味を悪くしたくない。

でも、言いたいことはあった。

「渡辺《わたなべ》」

「なに」

「生き残ろうね」

「……あなたに言われるまでもないわ」

千佳《ちか》と別れたあと、由美子《ゆみこ》は指定された店に立ち寄っていた。

扉を開くと、からんからん、と控えめなベルの音が鳴る。

小さなお店だった。

カウンター前に設置された椅子は少なく、テーブルも数えるほどしかない。

レトロな内装で薄暗く、まるでバーのような雰囲気だ。

大人が静かにお酒を飲んでいそうな。

これで喫茶店だというのだから、驚きだ。

「姉さんといい、こういうお店はどこで知るんだろう……？　あたしも大人になれば、わかるのかな……」

独り言を呟《つぶや》いていると、「おーい、由美子《ゆみこ》ー」と声を掛けられた。

先にテーブル席に座っていた、加賀崎《かがさき》だ。

いつもどおり立派なスーツをきちっとキメて、それでいて要所要所に遊びを入れている。

オシャレで格好いいお姉さん、といった印象を与える姿。

彼女を見るたび、スタイルとセンスの良さに惚《ほ》れ惚《ぼ》れする。

こんなにも大人っぽい店にとても馴染《なじ》んでいた。

彼女の名前は、加賀崎《かがさき》りんご。

芸能事務所チョコブラウニーの社員であり、歌種《うたたね》やすみのマネージャーである。

彼女のいるテーブルに近付いて、笑みを向けた。

「加賀崎《かがさき》さん、ありがとね。時間作ってもらって」

「いや。あたしもちょうど仕事の話がしたかったからな。いいタイミングだったよ」

ここに来る前に吸ったのか、煙草《たばこ》の香りがほのかに感じられた。

彼女の向かいに座ると、テーブルにコーヒーとケーキの皿があることに気付く。

加賀崎《かがさき》は、スッとメニューを差し出してきた。

「ご飯は食べてきたんだろ？　胃袋に余裕があるなら、ケーキを頼むといい。旨《うま》いぞ」

「へぇ……、じゃあもらおうかな……」

加賀崎《かがさき》のオススメどおり、ブレンドとチーズケーキを注文した。

店を選んだのは加賀崎《かがさき》だが、時間を作ってもらうよう頼んだのは由美子《ゆみこ》のほうだ。

何日か前に電話を掛け、

「ちょっと相談があるんだけど」と話した。

そのときの加賀崎《かがさき》が見せた、明らかに警戒した態度はひどいものだった。

『……相談って、なに。また何か厄介事か？　今度は何をしたんだ？　いや、これからするのか？　だれに迷惑を掛けたんだ？　あたしの減給で済む問題？』

「そ、そうじゃないって。えーと、なんだ。進路相談っていうの？　聞いてほしくて」

『本当にただの進路相談だろうな。事務所を移籍する話とかじゃない？　そうなったら、さがのりんごちゃんも泣くぞ。ここまで尽くして捨てられるとは思わなかった』

「か、加賀崎《かがさき》さぁん。そんなわけないじゃん……」

『それだけ由美子《ゆみこ》は問題児ってことだよ。何を言ってくるかわからん』

ここ一年は迷惑を掛けまくったせいか、すっかり警戒されている。

何とか誤解を解いたあと、ようやく今日の待ち合わせが決まったのだ。

「それで？　由美子《ゆみこ》の相談ってなに？　進路相談って言ってたな」

加賀崎《かがさき》は口を動かしながら、テーブルの上に封筒を載せた。

思わず、それに視線が引き寄せられる。

これはきっと、先ほど加賀崎《かがさき》が口にした「仕事の話」に関するものだ。

台本や資料だろうか。

仕事？

どれ？　なに？　決まった？　それともオーディション？　オファー？

封筒から目を離せなくなり、そわそわと身体《からだ》を揺らす由美子《ゆみこ》に、加賀崎《かがさき》は微笑《ほほえ》む。

「かわいい奴《やつ》だな、お前は。先に仕事の話から済ましちゃうか」

「お願い」

目の前に物凄《ものすご》く気になる話があっては、落ち着いて相談なんてできやしない。

加賀崎《かがさき》は手帳を取り出してから、男前に笑った。

「仕事が決まった。しかも、二件。由美子《ゆみこ》もやりたいって言ってた、『ティアラ☆スターズ』の海野《うみの》レオン役だ」

「あ、あれ受かったの⁉　本当に⁉」

「あぁ。ガッと仕事が増えるな」

ふわーっと喜びが胸に広がる。

やった、と両手を挙げたくなる報告だった。

『ティアラ☆スターズ』はいわゆるアイドルものだ。

アイドル候補生の主人公たちが新プロジェクトに抜擢され、アイドルの頂点に送られる称号〝ティアラ〟を仲間たちと目指す物語。

テレビアニメの放送、ゲームアプリのリリース、夏にはライブが決まっている。

たくさんの劇中歌が作られ、それぞれのキャラソンも用意される予定だ。

制作陣は、この作品を新しいブランドとして立ち上げたいらしい。

ライブやイベントを積極的に行い、アニメやゲームだけに捉われない、幅広いコンテンツへ育てていくつもりなのだ。

そのため、出演声優は新人や若手、これからを期待される声優が選ばれる。

一番の代表作が『ティアラ☆スターズ』になり、将来的にティアラ声優と呼びたいらしい。

出演声優は当然仕事が増えるし、様々なメディアへの露出が求められる。

以前、『紫色の空の下《むらさきいろのそらのした》』というアニメで由美子《ゆみこ》、千佳《ちか》、乙女《おとめ》がハートタルトというユニットを結成し、イベントやライブを行った。

それの拡大版、と言っていい。

加賀崎《かがさき》は手帳を眺めて、とんとんとペンで叩《たた》く。

「アフレコにレコーディング、ライブにイベント。この作品だけで仕事はかなり増えるし、成功すれば定期的に仕事が入る。これはチャンスだぞ。頑張ろうな」

加賀崎《かがさき》も嬉《うれ》しそうだ。

単発の仕事としてもかなり稼働《かどう》が増えるのに、この作品はシリーズ化を狙っている。

人気が続く限り、仕事が舞い込む。

制作陣もそれを見越して進めているわけだし、期待感があった。

やった、やった、と心の中で小躍りしていると、加賀崎《かがさき》は意味深な笑みを浮かべる。

「え、なに。どうしたの、加賀崎《かがさき》さん」

「ん。いやな。実は成瀬《なるせ》さんとも話したんだが。夕暮《ゆうぐれ》も和泉小鞠《いずみこまり》役で受かったらしい。由美子《ゆみこ》と同じユニットのキャラだな」

「…………」

それは、どう反応していいのか。

これではまさしく、『紫色《むらさきいろ》の空《そら》の下《した》』の再現、というか。

いや、ひとつの作品をきっかけに共演が増えるのは、それほど珍しいことではない。

しかし、その相手が千佳《ちか》というのは……。

「なんだ。嬉《うれ》しいのか。よかったな、夕暮《ゆうぐれ》といっしょで」

「は、は、はぁ!? な、なんでそうなんの。う、嬉《うれ》しいわけないじゃん」

加賀崎《かがさき》から心外な言葉が飛び出し、反射的に言い返す。

最近、周りが自分たちの関係を誤解しすぎている。

た、確かに普通の声優とは違う関係だけど、いっしょになって嬉《うれ》しいとか、そ、そういうのじゃ、ないし……。

「そうか？ 知ってのとおり、この作品は新人ばかりで現場を回すんだ。その中に見知った顔があるのは、嬉《うれ》しくてもおかしくないと思うがな。やりやすいだろ」

「…………」

加賀崎《かがさき》は手帳を見ながら、しれっと言った。

言うまでもなく、からかっている。

こっちの反応を見て楽しんでいるのだ。

　むぅ、と唇を尖《とが》らせると、加賀崎《かがさき》はおかしそうに笑った。

「悪かったよ、拗《す》ねるな拗《す》ねるな。あー、とりあえず、こっちは純粋にいい仕事だな。気合を入れていこう。それで、もう一個の仕事なんだが……」

　加賀崎《かがさき》がもう一方の封筒を手に取る。

　由美子《ゆみこ》はその場で前かがみになった。

『ティアラ☆スターズ』だけでも素晴らしい戦果なのに、もうひとつある！

　由美子《ゆみこ》としては嬉《うれ》しくて仕方ない状況だが、なぜか加賀崎《かがさき》はそこで表情を曇らせた。

　一拍置いてから、封筒をテーブルに戻す。

「……いや。先に由美子《ゆみこ》の相談を片付けようか。こっちはちょっと、いろいろと話したいこともあるし」

「…………？」

　何か、事情があるようだ。

　加賀崎《かがさき》は、『ティアラ☆スターズ』を「純粋にいい仕事」と称した。

　ならば、もうひとつの仕事は一筋縄ではいかないのかもしれない。

　加賀崎《かがさき》の言うとおり、仕事の話は一旦忘れることにした。

「えと。じゃあ、聞いてくれる？　あたしの相談」

　加賀崎《かがさき》はそっと頷《うなず》く。

頭の中で話を整理しながら、口を開いた。

「進路のことなんだけど」

乙女《おとめ》たちにした相談と同じものだ。

高校卒業後、声優一本に絞っていいのかどうか、迷っている。

加賀崎《かがさき》は黙って話を聞いてくれて、話が終わってもすぐには口を開かなかった。

コーヒーを一口飲んでから、静かに言葉を並べる。

「……チョコブラウニーのマネージャーとして言うなら、声優一本に絞ってほしい、と思う。学生と専業じゃ、使える時間が段違いだ。ガンガンオーディションを受けてもらって、バリバリ仕事してほしい。そのほうがマネージャーとしても動きやすい」

そこまで言って、目を逸《そ》らした。

ぼそりと、囁《ささや》くように続ける。

「でも、一個人のりんごちゃんとして言うなら。大学くらいは行ったほうがいいんじゃないか、と思う。学歴はあって困るものじゃないし、いざ就職するとなったら、学歴の差があるのは確かだからな」

そこで加賀崎《かがさき》は、顎を指で軽く擦《こす》った。

由美子《ゆみこ》と目を合わせないまま、重い息を吐く。

「……あたしは、由美子《ゆみこ》が売れると信じているし、そのためには全力を尽くす。だけど、事務所は、『最後まで面倒を見る』とは言えないんだ。人生の責任は取れない。生活の保障はできない。だから、何らかの保険はかけておいたほうがいい、って思う」

「加賀崎《かがさき》さん……」

彼女の思いに、じんわりと胸が温かくなる。

心配しなくていいから、声優業に集中しろ。

大学なんて行かずに、仕事に専念しろ。

マネージャーとしてなら、そう伝えるだけでいい。

胸の内を晒《さら》し、本当にこちらのことを思って助言してくれるのが、とても嬉《うれ》しかった。

売れると信じている、と言ってくれるのも。

加賀崎《かがさき》は頭を掻《か》き、しばらく考え込んでいた。

そうしてから背もたれに身体《からだ》を預け、三本の指を立てて見せる。

「由美子《ゆみこ》が選べる選択肢は三つだろう。このまま卒業して、声優一本に絞るのか。大学や専門学校に進学するのか。……もしくは、きっぱりやめるのか」

「や、やめる？」

想像もしなかった選択肢に面喰《めんく》らう。

だが、加賀崎《かがさき》は別に冗談で言ったわけではないらしい。

手を組んで、静かに続ける。

「世間一般的に言えば、歌種《うたたね》やすみは売れてない声優かもしれんが。声優全体で言えば、お前は恵まれてるよ。メインのキャラはいくつかやってるし、大きな仕事だってこなしてる。知名度だってないわけじゃない。もっとキツい連中は、掃いて捨てるほどいる」

……それは、そうだ。

声優業界は上を見れば途方もないが、下はさらに途方がない。

歌種《うたたね》やすみは現状、声優一本ではとても食っていける状況ではない。

しかし、加賀崎《かがさき》りんごの手腕によって、声優らしい仕事はいくつもさせてもらっている。

テレビアニメに一度も出たことがない人、出てもモブ役しかやったことがない人。

そんな人は珍しくない……、どころか、それが大多数ですらある。

「だから、今やめれば、いい思い出として声優を終えられる。苦しんだり悲しんだり、失意の中で去らずに済む。人生の彩《いろど》りと割り切って、幸せな経験を抱いて、ごく一般的な人生に戻れる。これはこれで、あたしは賢くて幸せな選択肢だと思う」

これはきっと、覚悟の話だ。

ここから先に進むのなら、失うことを覚悟しなければならない。

それを加賀崎《かがさき》は警告してくれている。

それこそ、マネージャーの領分から逸脱した、加賀崎《かがさき》りんご個人としてのやさしさだ。

……聞いたときは驚いたけれど、これは確かに選択肢のひとつだ。

今ある仕事だけをこなし、進学か就職の準備を進める。

多くの学生にとっての部活動がそうであるように、声優業を青春の思い出にして、ごくごく普通の人生を歩み始める。

苦しいこともあったけど、楽しかった、なんて笑いながら。

それは本当に、幸せな道かもしれない。

「由美子《ゆみこ》のお母さんは、なんて言ってるんだ。相談はしたんだろう？」

その質問に、「もちろん」と返す。

母には真っ先に相談している。

そして、彼女の答えがあったからこそ、由美子《ゆみこ》は大人を頼っているのだ。


「ママー、ちょっといい？」

「ん～？　なあに～？」

母が休みで家にいる日。

彼女がのんびりテレビを観《み》ているときを見計らい、相談を持ち掛けた。

進路について悩み始めた、と母に打ち明ける。

由美子《ゆみこ》が卒業後、声優をしながら母の店を手伝うという話は、彼女も承知している。

けれど、ここに来て迷っている。そう伝えた。

親に進路相談するのは当然だろうし、また、しっかりとアドバイスをくれると思っていた。

しかし、母はしばらく考え込んだあと、予想外な言葉を紡《つむ》ぎ出《だ》す。

「由美子《ゆみこ》が真剣に悩んでいるのなら、ママは相談に乗れないかも」

そう言ったのだ。

驚いていると、彼女はゆっくりと言葉を繋《つな》げる。

「由美子《ゆみこ》が本当にただの高校生――、何もわからない子供だったら、ママも相談に乗っただろうし、ママが思う進路について話したと思う。その道に進んでほしい、って言い含めたかもしれない。だけどもう、由美子《ゆみこ》はそうじゃないんだ」

「……どういうこと？」

「由美子《ゆみこ》は立派に仕事をしているでしょう～？　ママにはわからない声優業をその身で知ってる。ママがこうしてほしい、っていう道はもちろんあるけれど、それはママの願望でしかないの。由美子《ゆみこ》の悩みの邪魔になっちゃう。だから言わない」

人差し指でバツ印を作り、唇の前に置く母。

まさか、「相談には乗れない」なんて言われるとは思わなかった。

戸惑いながらも、由美子《ゆみこ》は食い下がる。

「いや、でも。ママの意見は別に教えてくれてもいいんじゃ？　従うかどうかは、あたし次第なんだし……」

「ううん。親の意見ってね、子供が思っているよりも重いの。ママが口にすれば、由美子《ゆみこ》の中にはしっかり残る。従うにしろ従わないにしろ——、きっと由美子《ゆみこ》は『あのとき、ママの言うことを聞いていれば』『聞かなければ』なんて、思う日が来るかもしれない。由美子《ゆみこ》には、自分で考えて考えて、考えて出した答え、その道に胸を張って進んでほしい」

「ママ……」

彼女は、自分の意見はあるものの、あえて胸に仕舞っているようだ。

母の言うこともわかる。

彼女に、「大学には行けば？」「このまま声優を続ければ？」と言われたら、「じゃあ……」とそっちの道によろよろ行ってしまうかもしれない。

多大な影響を受けるのは間違いない。

由美子《ゆみこ》は自分のことをまだまだ子供だと思っているけれど——、声優業界では一人前の大人として扱われる。

母が「由美子《ゆみこ》のほうが業界を知っているから」と口をつぐんだのも、声優・歌種《うたたね》やすみへの敬意の表れだ。

自分でこの道を見てきたのだから、自分で判断すべきだろうか。

意見を言わない代わりに、母は自分の胸をどん、と叩《たた》いた。

「でもママは、由美子《ゆみこ》がどの道に進んでも、全力でサポートする！　そこは絶対！　ちゃんと準備してるから、心配しないで。ね？　由美子《ゆみこ》が進路を決めたら、ふたりで頑張っていこうね。ママはまだまだ、由美子《ゆみこ》のママだからね」

「…………」

ニコニコと笑いながら、母はやわらかな声で言う。

……あぁ、ママの娘でよかった。

そんな想《おも》いが胸をいっぱいにさせる。

最近、いろんなことがあったせいで、すっかり涙もろくなってしまった。

泣きそうになるから、やめてほしい。

ぐっと堪《こら》えていると、母はのんびりとした口調で続けた。

「由美子《ゆみこ》が相談すべき相手は、ママじゃなくて先輩やマネージャーさん、業界の人じゃないかな。いろんな人に意見を聞かせてもらって、そのうえでしぃっかり考えて、それで進路を決めるの。きっとそれが、一番いいと思う」

なるほど、と思う。

先輩たちに話を聞くという発想はなかった。

確かに、先輩声優やマネージャーならば、業界のことがより身に染《し》みているだろうし、悩んだ経験や見てきた声優の数も多い。

早速、相談してみよう、と考えてはっとした。

親の意見が子供にとって重い、というのは、こういうことだろうか。

「由美子《ゆみこ》ができることを全部やって、それでも答えが出なければ、そのときはママが相談に乗るわ。でもまずは、由美子《ゆみこ》はみんなに相談に乗ってもらって、とにかく考えること！」

そんなやりとりがあったことを、加賀崎《かがさき》に伝える。

すると、彼女はコーヒーをごくりと飲んでから、ううん、と唸《うな》った。

「やっぱり人の親はすごいよなぁ……。あたしもお母さんになったら、人として深みが増すのかなぁ……」

ぼんやりと言うのが、なんだかおかしかった。

そして、気を取り直してこちらに目を向ける。

「由美子《ゆみこ》のお母さんが言うように、いろんな人に話を聞いてみるといい。あたしもいつでも相談に乗るから。腹が決まったら、あたしにも教えてくれ」

「うん」

大きく頷《うなず》く。

進学か、専業か、それともやめるのか。

何にせよ、これからの仕事への影響は大きい。決まり次第、報告するつもりだ。

ひとまず、由美子《ゆみこ》の相談は済んだ。

そうなると、残りはもうひとつの仕事の話になる。

加賀崎《かがさき》は封筒を持ち上げ、中身をテーブルの上に並べた。

「もうひとつ、仕事が決まった。春からのテレビアニメ、『魔女見習《まじょみなら》いのマショナさん』の主人公の親友、シール役だ」

「！　オーディションのオファーがあったやつだ！　受かったんだ！」

立て続けに役が決まり、ぎゅっと拳を握る。

『魔女見習《まじょみなら》いのマショナさん』は漫画を原作にしたテレビアニメだ。

魔女を目指す女の子たちが魔法学校に通い、そこでの生活を描く。

ほんわかした絵柄だが緩い物語ではなく、バトルやシリアスも描かれる。

『幻影機兵《げんえいきへい》ファントム』以降、オーディションのオファーが少しだけ増えた。

シールはその中のひとつだ。

「先方とスケジュールの打ち合わせをしたが、特番の生配信もやりたいそうだ。主役が二年目の新人だから、由美子《ゆみこ》にはそのフォローも期待されてる。で、もうひとりの友人役、クラリスは夕暮夕陽《ゆうぐれゆうひ》が演じるから、お前と夕暮《ゆうぐれ》で番組を回してほしい、とのことだ」

「…………」

今回は、千佳《ちか》との共演を茶化すことはなかった。

『ティアラ☆スターズ』はともかく、『魔女見習《まじょみなら》いのマショナさん』に関しては、狙ってふたりを選んだように感じる。特番の話が真っ先に出るあたり。制作側の要望から察するに、トーク力や関係性を期待されているのではないか。

ただ、この際それはいい。

『紫色の空《むらさきいろそら》の下《した》』だって、純粋に演技力を評価されたわけではなかった。仕事が増えるのなら、それは受け入れる。

しかし。

「それで、この作品ってどんな問題があるの？」

加賀崎《かがさき》が言《い》い淀《よど》むくらいだから、きっと一筋縄ではいかない。

重要なのは、どういった問題を抱えているか、だ。

加賀崎《かがさき》は無言で、スケジュール表を差し出した。

そこには、アフレコの予定や生配信の日程が書かれている。

それを見て、思わずぎょっとした。

「え。ちょっと。これ――」

「うん。まずいかもしれん。これから探りを入れてみるが、どうにも不穏な空気が見え隠れしていてな。資料も少ないし、台本もまだだ。とりあえず準備だけはしておこう――」

うわー……、と由美子《ゆみこ》がスケジュール表を眺めていると、紙袋がテーブルに載せられた。

それに手を置いて、加賀崎《かがさき》は頷《うなず》く。

「とりあえず、原作本を用意した。今できることを、できる限りやっていこう」


加賀崎《かがさき》から資料と原作本を持ち帰り、由美子《ゆみこ》は早速『魔女見習《まじょみなら》いのマショナさん』を自室で読みふけっていた。

自分が演じるシールに注目しながら読み進めていくが、ふと集中が途切れる。

今日もらったスケジュール表と少ない資料に、つい目がいってしまった。

「大丈夫なのかな……、台本が早く届けばいいけど……」

そんなことを呟《つぶや》いてから時計を見ると、ちょうどいい時間になっていた。

本を閉じる。

リビングまで下りて、テレビの電源を入れた。

今日は、『幻影機兵《げんえいきへい》ファントム』の最終回があるのだ。

『最終回までに、絶対にあなたの演技を超えてみせるから』

千佳《ちか》が——、夕暮夕陽《ゆうぐれゆうひ》がそう宣言した。

今までは録画して観《み》ていたが、今日だけはリアルタイムで観《み》るつもりだ。

……千佳《ちか》の演技はどんどん良くなっている。

役を摑《つか》んだのか、話が進むごとにそのクオリティは高まっている。

ほかのベテラン声優にも引けを取らない演技に、視聴者は彼女が新人であることを忘れているだろう。

さすがは夕姫《ゆうひめ》……、と思うし、聞き惚《ほ》れることは何度もあった。

だが――、彼女がそのレベルで満足しているとはとても思えない。

凄《すさ》まじい演技力でこちらを圧倒し、心を押し潰そうとするはずだ。

「さ……。どうなるだろ」

放送の数分前になり、心臓が高鳴り始める。

興奮しているのは、期待からか、恐怖からか。

自分でもわからなかった。

千佳《ちか》に圧倒してほしいのか、それともこのまま終わってほしいのか。

きっと、この最終回で答えが出る。

「始まった……」

映像が流れ始める。

先週は、夕暮夕陽《ゆうぐれゆうひ》演じる主人公・サクラバがレジスタンス軍のボスを討ち取った。

しかし、サクラバたちはレジスタンス軍の残党に囲まれ、窮地に陥る。

逃げようとするサクラバたち。そこに、ファントムへ追撃の手が迫り、それを森香織《もりかおり》演じるソフィアが庇《かば》い、致命傷を喰《く》らったところで次週――、といった形だった。

最終回だからか、オープニングはない。

ソフィアの機体が、敵機体の剣に串刺しにされたところから始まる。

ファントムが前進を止め、サクラバはソフィアを振り返った。

「ソフィア……！　ま、待っていてください、今、助け……っ」

『来なくていい！』

映像はコックピットのサクラバのアップ。

ソフィアの姿は映らない。

愕然《がくぜん》とした表情のサクラバを映したまま、ソフィアの声だけが通信越しに聞こえてくる。

『あんたが助けるって？　このあたしを？　バカ言わないでよ、そこまで落ちぶれてないわ。邪魔だから、さっさと行って。あとは自分で何とかするわ』

「で、でも、でも、ソフィア」

普段は気丈で冷静なサクラバの声が、震える。

葛藤と動揺を表現し、視聴者の心を揺らしている。

『聞こえなかった？　早く行けって言ってんの』

ソフィアの声は普段どおりだが、時折、小さく息を吐く音が混ざる。

そのわずかな、水一滴程度の苦しみの表現が、あまりにも上手《うま》い。
何も見えていないのに、血まみれで絶命寸前のソフィアを想像してしまう。
そして、サクラバを逃がすため、気丈に振る舞う姿も。
『それじゃあね、サクラバ。あぁ、先に帰ったらコーヒーを淹《い》れておいて。よろしく』
それだけ言って、躊躇《ためら》いなく通信を切ってしまう。
ソフィアの姿は一度も映らず、見えるのはぎゅっと目を瞑《つぶ》ったサクラバの顔だけ。
力強く目を開けると、彼女は操縦桿《かん》を握りなおした。
全速力で駆け出したファントムだったが、その瞬間に背後で爆発が起きる。
爆発したのは、ソフィアの機体だ。
「！」
驚いて振り向きそうになるが、ぐっと歯を食いしばり、サクラバは前を見続ける。
だれもいない、何もない荒野を、ファントムがひたすら突き進んでいく。
そのときだった。
「……ぁぁ……」
小さい――、本当に小さいサクラバの呻《うめ》き声《ごえ》が聞こえた。
息を吸う音と、わずかに漏れる小さな声。
何も言葉を発していないのに。

息を吸い、吐いただけなのに。

そのわずかな音だけで、サクラバの感情が視聴者に叩《たた》き込《こ》まれた。

ファントムは、進み続ける。

サクラバの顔は映らない。

由美子《ゆみこ》は、無意識に涙を拭う。

そこで初めて、自分が泣いていることに気が付いた。

映像は、操縦桿《かん》のアップになるが――。

そこに、涙がぽたぽたとこぼれた。

「ソフィ、ア……、ソフィアぁ……っ」

堪《こら》えきれなくなったサクラバは、ほんの、ほんの少しだけ泣き声を上げた。

目を逸《そ》らしたくなる。

震えた声も、吸った息も、それほど大きい演技じゃない。

だというのに、どうしても胸が締めつけられる。

ソフィアを呼ぶ声に、感情がぎゅっとなる。

なんて、なんて悲しい声なんだろう。

少し掠《かす》れ、感情が露《あら》わになった声は、間違いなくサクラバの声なのに、今まで聞いたサクラバの声のどれでもなかった。

「……っ！」
サクラバの小さく驚く声。
レジスタンス軍の機体が、ファントムの前に立ち塞がったのだ。
「――――――っ！」
変わらず、サクラバの表情は映さない。
今も、画面にはファントムと敵機体の姿しかなかった。
そして、サクラバも言葉を発したわけではない。
聞こえたのは、小さな息遣いだけ。
しかし、その声だけで、わかる。
サクラバが顔を上げて、涙をこぼし、それでも敵を睨《にら》みつける様を想像させた。
「……っ、よくも……っ、よくもぉ――――――――っ！」
言ってしまえば、それは本当に、本当に凡庸なセリフだった。
だけど、敵に向かって叫ぶサクラバの声に、こちらの感情まで壊されそうになる。
ファントムは吠《ほ》えながら、敵を真っ二つに切り裂いた。
子供みたいにうずくまって、絶望の中に堕《お》ちていくようなひどい悲しみ。
暴力的な感情に突き動かされ、すべてを破壊したくなる強い怒り。
それが、その叫び声に注ぎ込まれていた。

サクラバが声を発するたび、息を吐くたび、こちらの鼻がつんとする。
唇が震える。
苦しくなるくらい、涙が溢《あふ》れ出《で》る。
声だけで、ここまで人の感情を揺さぶれるものなのか――。
「…………………………」
終わった。
最終回が、終わった。
平和になった世界で、サクラバは仲間たちとコーヒーを飲み、微笑《ほほえ》む。
そこにスタッフロールが流れていく。
すっきりしているのに、心に残る最終回だった。
『幻影機兵《げんえいきへい》ファントム』は、最後まで素晴らしい作品だった。
だが、最終回のピークは間違いなく、前半のサクラバとソフィアのシーンだ。
最後までよかった、と締めくくるには、あのシーンの功績は大きすぎる。
それを作ったのは、千佳《ちか》の演技だ。
夕暮夕陽《ゆうぐれゆうひ》の声が、あの場面に魂を吹き込んだのだ。
「……ぐっ……」
泣き腫らした目で、その場にうずくまる。

「いい最終回だった……、じゃないんだよ……！」

いい作品を観終《みお》わったあと特有の、胸の中を爽やかな風が通るような感覚。

それはすぐに消え失《きう》せた。

嫉妬と悔しさでぐちゃぐちゃになった感情が、お腹《なか》の中で暴れ回っている。

間違いなく心を奪われた。

すごかった。素晴らしかった。

あの演技を聴くためだけに、この作品を観《み》る価値さえある。

だれもがファントムを語る際、あのシーンの話になり、「声優の演技がいい」と絶対に言う。

ずっと高水準の演技で走り続け、最後の最後であれだ。

彼女がすべて持っていった。

中盤で歌種《うたたね》やすみが新人らしからぬ演技を見せたことを、もうだれも覚えていないのではないか。

完全に喰《く》われたのではないか。

だけど、それさえ受け入れてしまうほど――、彼女の演技は本当によかった。

「渡辺《わたなべ》ぇ……！　あんた、は、いつ、も、いつも……っ！」

うずくまったまま、呪いの言葉を吐く。

今の自分に、あれだけの演技はできない。

あそこまで人を惹《ひ》きつけられない。

『絶対に、あなたの演技を超えてみせる』と言った彼女は、しっかりと有言実行を果たした。

自分が、あの演技を超えられるのはいつだ？

再び、最期のシラユリのような演技ができるのは、いつだ？

そう考えると、胸を掻《か》きむしりたくなる。

最後の最後でこれはあんまりだ。ズルだ。

なんて女だ！　と喚《わめ》きたくなった。

「……こうしちゃいられない」

ガバっと顔を起こす。

現状、夕暮夕陽《ゆうぐれゆうひ》の演技を超えるのは無理だ。

しかし、彼女がそうしたように、超えようと努力するのは間違いじゃない。

今超えられなくても、いずれ超える。

幸い、と言っていいのかわからないが、彼女と共演する機会はある。

これからもっと増えていくかもしれない。

ならば、演技を見せつけるチャンスはあるはずだ。

「文句言ってないで、自分のできることをやらなくちゃ……」

部屋に戻って、『魔女見習《まじょみなら》いのマショナさん』の原作本を読み込もう。

あんな演技を見せられたあとだ。
どうせ、しばらく眠れないのだから。

NOW ON AIR!! 第53回

「では、次のメール。ラジオネーム、〝ワトソンくん〟さんから頂きました。『夕姫、やすやす、おはようございます！』。はい、おはようございます」

「おはようございまーす」

「『先週のビッグニュース、驚きました！　最近、ふたりの共演が多くて嬉しい限りです！　おふたりが言っていたように、本当に運命の相手って感じですね！（笑）』」

「そんなこと言ってないけど」

「言ってないわね。違うラジオ聴いてたんじゃないかしら。『ところで、気になることがあります。おふたりとも四月から三年生だと思いますが、クラス替えってありましたか？』」

「あー、ないところもあるらしいね。うちの高校は毎年あるよ」

「『もしあるなら、おふたりは同じクラスになれたんでしょうか？　運命の相手だから大丈夫だとは思いますが、気になるので教えてください！』……とのことです」

「運命の相手だと同じクラスになれんの？　規模小さくない？」

「その規模でいいなら、わたし運命の相手そこそこいるわ」

「ていうか、それ気になる？　番組の最初でも『偶然にも同じ高校、同じクラスのわたしたちが』とは言ってるけどさ。みんなクラス替えにそんな興味あるのかね」

「それなのだけれど、こういうメールが結構来たらしいわ。同じクラスになれたか教えてください！　っていうメール」

「どっちでもよくない？」

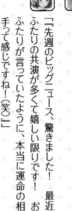

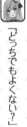

「どっちでもいいわね。というか、わたしは違うクラスのほうがいいわ。教室できゃんきゃんうるさいもの、この人」

「あたしは別に同じクラスでもいいかな。ユウって、いてもいなくても変わんないし」

「は？」

「あ？」

「……という感じで、仲が悪いから別のクラスのほうが上手くいくと思うわ。ただでさえ、いっしょにいる時間が長くてイライラしてるから」

「そういうことでーす。えー、じゃあそろそろゲストの話をしていい？　前回も言った『マショナさん』関連で、来週はゲスト来るんだけど」

「そうね、その告知をしましょう。えー……。ん、なんですか、朝加さん。……はぁ」

「……はい、朝加ちゃんから『みんな知りたがってるから、言っておきなよ』って言われたので、クラス替えの結果言いまーす。えー、あたしとユウは――」

夕陽とやすみのコーコーセーラジオ！
YUHI to YASUMI no KOUKOUSEI RADIO!

to be continued……

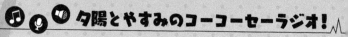

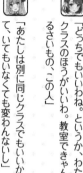

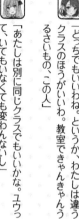

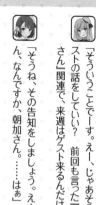

学生生活の中で、最も大きなイベントは何か。

文化祭？　体育祭？　定期テスト？　夏休み？

否、クラス替えである。

これから一年間、ともに過ごすクラスメイトがシャッフルされるというのだから、このときの緊張感や期待感は、ほかの行事とは比べ物にならない。

瞬《まばた》きする間に春休みは終わり、今日から由美子《ゆみこ》たちは三年生だ。

そして、由美子《ゆみこ》たちの高校は毎年クラス替えが行われる。

「緊張するなぁ……」

思わず、リボンを指でいじってしまう。

今までで一番、クラス替えで緊張しているかもしれない。

もちろん、クラス替えは毎年わくわくドキドキだ。

あの子といっしょのクラスになれるかな。どんなクラスになるのかな。

胸の高鳴りを感じながら、クラス表を見るのは楽しかった。

由美子《ゆみこ》は仲がいい子も多く、知らない人とでもすぐに打ち解ける。

なので、今までは不安よりも楽しみのほうが大きかった。

けれど、今回ばかりはそうはいかない。

学生としてではなく、声優として大事な問題だからだ。

「渡辺《わたなべ》といっしょのクラスになれるかな……」

それが一番重要だった。

以前、めくるに言われたことが響いている。

今までは同じクラスだったから、かろうじて学校での動向がわかっていた。

多少は話すこともあった。

しかし、別クラスになればしゃべることもないだろうし、互いの姿が不明瞭になる。

それは、困る。

仕事では繋《つな》がっていても、こちらでも必要以上に交流は持たない。

そのうえ、学校での繋《つな》がりが細くなってしまったら。

『毎日、学校で会えるから』という保証は、かなり強固だ。

今のままでも、まぁ何とかなるだろう、と思える。

しかし、今それがなくなるのは。

やっぱり、困る。

「し、仕事的な意味でね。ラジオでも、同じクラスーって言ってるわけだし……、コンセプトがブレるしさ……」

意識すると急激に照れくさくなり、言い訳をひとり呟《つぶや》く。

数日ぶりに校門をくぐると、咲き誇った桜が生徒を迎えていた。

新学年だけあって、周りの生徒も明らかに浮き立っている。

そわそわとして落ち着かず、ふわふわした空気でいっぱいだ。

ほかの子と挨拶を交わし、「いっしょのクラスになれるといいねー」なんて話しながら、内心の不安を抑え込む。

掲示板の前にクラス名簿が貼り出され、その前には人だかりができていた。

ざわざわと騒がしい生徒たちを見ながら、由美子《ゆみこ》もその中に交じる。

「ん」

一組から早速、「佐藤由美子《さとうゆみこ》」の文字を見つける。

近くにあった、「川岸若菜《かわぎしわかな》」もいっしょに視界に入った。

若菜《わかな》といっしょのクラスは嬉《うれ》しいな、と気持ちが緩む。

しかし、問題はここからだ。

言ってしまえば、ほかの子はクラスが離れても交流はできる。

だけど、千佳《ちか》だけは。

千佳《ちか》だけは、どうしてもいっしょのクラスがいい。

緊張しながら、下の方に目を動かして——、

「渡辺千佳《わたなべちか》」の名前を見つけた。

「「あった……、同じクラス……」」

全く同じ言葉を発したのは、隣にいた生徒だ。

慌てて目を向けると、緊張した面持ちの千佳《ちか》がいた。

由美子《ゆみこ》と同じように、クラス表を確認していたらしい。

目が合う。

ぱちぱちと互いに目を瞬《しばたた》き、そして、瞬時に察した。

きっと相手も同じだ。

頬は少し赤く、気まずいような、恥ずかしいような、そんな表情をしていたから。

認めたくないけれど、自分たちは似た者同士。

彼女もまた、由美子《ゆみこ》と同じような心持ちでいたのだろう。

「……じろじろ見ないで頂戴」

「……そっちこそ」

歯切れ悪くぼそぼそと言い合ったあと、掲示板から離れる。

ふたり並んで昇降口に向かいながら、由美子《ゆみこ》は先手必勝！　とばかりに千佳《ちか》をつついた。

「ず、随分と熱心にクラス表を見てたけど、そんなにあたしといっしょのクラスがよかったわけ？　あ、あったー、なんて声出しちゃうくらい、さ」

「は、はぁ？　じ、自意識過剰にも程があるわ。なぜ、わたしがあなたの名前を探していたなんて、思うの？　わたしはほかの……」

「ほかにだれがいんの……」

「う」

思わず素で意見を述べると、千佳《ちか》はぴたりと動きを止めた。

そして、観念したようにため息を吐《つ》く。

「……えぇそうよ。佐藤《さとう》の名前を探していたの。いっしょのクラスになりたかったから。同じクラスになれて、よかったわ。名前があって、すごくほっとした」

「え」

突然のことに、ビクッとして背筋が伸びてしまう。

なんで、急にそんな素直に……。

え、照れるからやめてほしい……。急に、ど、どうした？　そういうサービス期間？

いや、そんな、べつに、困りは、しないけど、びっくりはするし……。

こ、これ、あたしも素直に言ったほうがいいのかな……。

「あ、あー……、えっと。渡辺《わたなべ》、あ、あたしも、同じクラスになりたかったから、う、うれしかったー、よ」

物凄《ものすご》くたどたどしくなったし、顔もまともに見られなかったけど、ちゃんと伝えた。

すると、千佳《ちか》は意外にもさらりと返事をする。

「えぇそうよね。だって、違うクラスになったら、コーコーセーラジオの個性が弱くなるものね。挨拶も変わるだろうし、面倒だわ。同じクラスになれて安心した」

「……は？」

千佳《ちか》は肩を竦《すく》めている。

理解が追いつかず、完全に足を止めてしまった。

すると、彼女は数歩先で立ち止まり、意地悪そうな顔で振り返る。

「あら、どうしたのよ、佐藤《さとう》。もしかして、それ以外の理由でわたしが同じクラスになりたいとでも？　あらあら、それは一体どういう理由かしらね。ぜひ何を考えていたのか、教えてほしいわ」

「…………っ！」

こ、こいつ……！

からかわれていたことを悟り、顔が急激に熱くなる。

完全にしてやられた。

忘れていた。

彼女は根っからの性悪女なのだ。

素直に、自分の気持ちを話すわけがないのに！

「渡辺《わたなべ》！」

千佳《ちか》がそのまま歩いていこうとするので、それを呼び止める。

すると、彼女は勝ち誇った顔のまま、「まだ何か？」とでも言いたげに振り返った。

そんな彼女に、言いたいことをぶつける。

「ファントムの最終回、観《み》た！　あんた、やっぱりすごい。すごい演技だった。さすが夕暮夕《ゆうぐれゆう》陽《ひ》って感じだし、格好よかった！　あんたはあたしの目標のままでいてくれるし、やっぱりあたしは夕暮夕陽《ゆうぐれゆうひ》が大好きだ！　だから」

「ばばっばばばばばば、ばか！」

慌てて駆け寄ってきて、こちらの口を押さえてくる。

さっきまでの余裕は完全に消《き》え失《う》せ、顔は真っ赤だ。

物凄《ものすご》く焦《あせ》った表情で周りを見回している。

そして、こちらをキッと睨《にら》みつけた。

「あ、あなたね、なんで今!?　こ、こんなところで、言うことじゃないでしょうに……！　そ、そんな恥ずかしいこと……！」

「はあ？　渡辺《わたなべ》、あたしのこと意識しすぎじゃないの。あたしは単に演技よかったよ～、って言っただけなのに、そーんな顔真っ赤にして。こっちが恥ずかしくなるわ」

「……っ！　出たわ、あなたのそういうところ、本当に嫌い……！　あなたはいつもそうやって……！」

そんな言い争いを続けていると、突然、後ろからどん、と衝撃がくる。

覚えのある重みに振り返ると、すぐ近くに若菜《わかな》の顔があった。

「ようよう、おふたりさーん。今年も同じクラスだねぇ。よろしくねん」

気持ちいいくらいに眩《まばゆ》い笑みを浮かべ、若菜《わかな》が肩を組んでくる。

「おー、若菜《わかな》。おはよ。いっしょのクラスで嬉《うれ》しいよ。修学旅行、いっしょに回ろうね」

「もちろん。いやー、由美子《ゆみこ》と同じクラスでよかった〜。あ、渡辺《わたなべ》ちゃんもね！」

千佳《ちか》もいっしょに肩を組まれていたが、どうしたらいいかわからない様子だ。

すぐそばに千佳《ちか》の顔がある。

前髪の奥の鋭い瞳が、こちらを見た。

その瞬間に嫌そうな顔をしてきたので、こちらも鼻を鳴らして顔を逸《そ》らす。

すると、見覚えのある男子が近くを横切るのが見えた。

「あ、木村《きむら》ー。木村《きむら》も同じクラスだよねー、よろしくー」

若菜《わかな》が声を掛ける。

木村《きむら》も同じクラスらしい。

そういえば、川岸若菜《かわぎしわかな》の近くに木村《きむら》の名前を見た気がする。

「木村《きむら》、おはよー。また一年よろしくねー」

若菜《わかな》と同じように挨拶を投げ掛けると、彼はおどおどと視線を行ったり来たりさせていた。

しばらく迷ったあと、結局、「よ、よろしく」とだけ言って立ち去っていく。

「さーさ、教室いこ。担任はだれ先生になるかな～、渡辺《わたなべ》ちゃんはだれがいい？」

「え……、あぁ……、わたしは……」

若菜《わかな》と千佳《ちか》も歩き出したので、由美子《ゆみこ》はその後ろをついていく。

彼女たちを眺めながら、スマホを取り出した。

電話を掛けようとして、まだ寝ているかもしれない、と思い直す。

メッセージで『同じクラスだったよー』とだけ送っておいた。

すると、昼頃に返事がくる。

『夕陽《ゆうひ》とやすみのコーコーセーラジオ！』の放送作家、朝加美玲《あさかみれい》からだ。

朝加《あさか》のメッセージには、『同じクラスだったんだ。よかったねぇ』と書かれている。

反射的に否定の言葉を打ちそうになったが、最終的には『よかった』とだけ返した。


この日はコーコーセーラジオの収録日でもあった。

午前中で学校が終わったので、若菜《わかな》を含めた新しいクラスメイトたちと街に繰り出し、楽しく遊んでからスタジオに向かう。

「お」

スタジオ入りする直前、コンビニの前を通りかかったところ。

「めくるちゃんだ」

ちらりと中に目を向けたら、見知った顔を見つけた。

柚日咲《ゆびさき》めくるだ。

離れていても、あの可愛《かわい》らしい容姿は見間違えようがない。

小柄な身体《からだ》に小さな顔、ギャップのある大きめの胸。

丁寧なメイクでキュートな顔をさらに可愛《かわい》く、色っぽくしている。

用事はないが、店内に進んだ。

普通に声を掛けようとしたが、無防備な背中を見ていると、いたずら心がむくむくと湧いてくる。

そこで、千佳《ちか》に何度か不意打ちされたことを思い出した。

後ろからそろそろと近付き、彼女の両肩に手を置いて耳元で囁《ささや》く。

「めくるちゃーん……？」

「んひっ……！」

めくるの両手がビクッと持ち上がり、背筋もぴんっ！　と伸びる。

しかし、すぐにへなへなと体勢を崩し、膝に手を突いた。

真っ赤な顔で振り返るが、くすぐったさで表情がおかしなことになっている。

「歌種《うたたね》ぇ……っ！」

「わはは。どう？　あたしの声にぞくっとした？」

「す、するわけないでしょ、ば、ばかじゃないの。ぜんぜん効かないし」

足はぷるぷるしていて、今にも崩れ落ちそうだ。若干涙目にもなっている。

完全に強がりだ。

というか、効きすぎだろ。

「あたしの声も捨てたもんじゃないな」

「あんた本当にいい加減にしなさいよ……。さっさと買い物済ませてどっか行け」

キッと睨《にら》みつけたあと、しっしっと手を振ってくる。

しかし、買い物を済ませろ、と言われても。

「あたし、めくるちゃんが見えたから寄っただけだし。別に買うものないんだよね」

「な、なにそれ……。そ、そんな露骨なファンサ……、だ、騙《だま》されないし」

しどろもどろになって、めくるは商品棚に視線を戻す。

耳まで赤くなっていた。

別にファンサではないのだが。

あんまりからかって本気で怒られても嫌なので、彼女といっしょに棚を覗《のぞ》き込《こ》んだ。

「飲み物？　めくるちゃん、なに買うの」

「………っ！」

めくるは顔が近いことに気付くと、ビクぅ！　っと反応して、すぐに離れてしまう。

商品棚に結構な勢いでぶつかった。

そして、自身がしたことにはっとする。

悔しそうな顔で、さらに顔を赤くした。

さすがに由美子《ゆみこ》も呆《あき》れ顔《がお》にならざるを得ない。

「めくるちゃんさぁ……。思春期の男子じゃないんだから。あたしのこと好きすぎるのは知ってるけど、もう少し普通にしてくんない？」

「ううう、うるさいっ！　あ、あんたが変なことばっかするのが悪いんでしょうが……！す、好かれてる自覚があるなら、節度を持て、ばか……っ」

目を逸《そ》らしながら、髪をさっさっと直すめくる。

はー、かわいい。

本当に癒《いや》される、この先輩。

もう少し話したかったけれど、買うものもないし、そろそろ退散しようか。

そう考えていると、めくるがミネラルウォーターのペットボトルを手に取った。

なんとなく離れがたくて、彼女にちょっかいをかける。

「ねぇねぇ、めくるちゃん。あたしにも飲み物買ってよ～」

「はあ？　嫌。何が悲しくて、あんたなんかに奢《おご》らなきゃいけないの。自分で買え。大体あんた、最近わたしに馴《な》れ馴《な》れしくしすぎ。そもそも……」

「えー、めくるちゃんが買ってくれないならいいや」

「…………」

さっさと諦めると、めくるが渋い顔をする。

口をうにうに動かして、恨めしそうにこちらを見ていた。

しばらく葛藤していたようだが、結局あっちが折れる。

「あぁもう！　どれ！　さっさと選ぶ！」

「わーい、めくるちゃんありがとー。大好き」

「わたしは嫌い！」

彼女の苛立《いらだ》った叫びを聞きながら、飲み物を選ぶ。

甘いものを飲みたい気分だったので、カフェモカに手を伸ばした。

「……歌種《うたたね》。それ飲むなら、こっちのほうがいいやつだけど。それでいいの？」

めくるが指差す先を見ると、由美子《ゆみこ》が持つ商品のグレードアップ版が置いてあった。

ダブルなんちゃら、と書いてあるけど、お高めになっているやつだ。

「え、いいよ。それおいしいけど高いやつじゃん。ほら、二百円超えてる」

「……こっちにしときな。せっかく飲むんなら」

ぼそっと呟《つぶや》いて、めくるは高いほうを手に取ってしまう。

その気遣いは嬉《うれ》しいものの、どうしても一言付け足したくなった。

「めくるちゃんってさぁ……」

「わかってるから！　自覚してるから！　口には出さないで！」


ふたりでコンビニから出て、そのままスタジオに向かう。

彼女もラジオ収録のようだ。

めくるの隣に並んで歩いていると、言うべきことを伝えていないと気付く。

「そういえばめくるちゃん。乙女《おとめ》姉さん、もう大丈夫そうだった。いろいろと相談に乗ってくれて、ありがとう」

桜並木《さくらなみき》乙女《おとめ》が活動休止になった際、秋空紅葉《あきそらもみじ》のことを教えてくれたのは、めくると花火《はなび》だ。

彼女たちが協力してくれなければ、あの結果には至っていない。

そのお礼をまだ言っていなかった。

めくるはちらりとこちらを一瞥《いちべつ》したあと、無表情で呟《つぶや》く。

「べつに。相談に乗るって言ったのは花火《はなび》だし。わたしは何もしてない」

「そっか。ありがと」

「話聞いてる？」

じろりと睨《にら》まれてしまう。

めくるがそんなふうに言うのはわかっていた。

それでも伝えておきたかったのだ。

エントランスに進み、そろそろ別れが近付いてくる。

そこでふと、思い立った。

「ねぇめくるちゃん。あたし、ちょっと相談に乗ってほしいことがあって。よかったら今度、話聞いてくれない？」

「えぇ……」

めくるが眉を顰《ひそ》める。

今までと違ってポーズではなく、本気で訝《いぶか》しんでいるのがわかった。

「なに、相談って。こわ……。あんた、また何か厄介事に首突っ込んでんの……？　やめなさいよ、そういうの。いい加減、加賀崎《かがさき》さんが可哀想《かわいそう》だわ……」

「そ、そういうのじゃないって！　ただの進路相談！　先輩に話を聞きたいだけだって！」

弁解しつつ、めくるにも問題児扱いされていることに内心凹《へこ》んだ。

いやまぁそれこそ、めくるに嫌われているのもその厄介事のせいだけれど。

なおもめくるは怪訝《けげん》な顔をしていたが、やがて面倒くさそうにかぶりを振った。

「何にせよ、冗談じゃないわ。なんでわたしが、あんたの相談に付き合わないといけないの」

「いや、まぁ……。そうだよねー……。ごめん、忘れて」

いろんな人に話を聞いて回っているものの、相談というのは相手に負担を掛ける。

めくるの考えはもちろん聞いてみたいが、無理には頼めない。

だからすぐに諦めたのだが、なぜかめくるは釈然としていなかった。

彼女の目つきが鋭くなる。

「……歌種《うたたね》、あんたなんなの。それ新しいやつ？　ちょっと引いてみる、みたいな。押して押して、ちょっと引いて、また押して、みたいな。駆け引き覚えたわけ？」

「は？　いや、何言ってんの」

めくるはわけのわからないことを述べていたが、突然、悔しそうな顔で吠《ほ》えた。

「そういうのは、その気がない奴《やつ》にやれよ！　やすやすを元々大好きな奴《やつ》にやるなよ！　ここからさらに好きにさせたいわけ⁉　あんた悪女⁉　珍しい表情すんな！　やめろ！　いや、わたしはあんたのこと嫌いだけどね！」

「普通に謝っただけで、なんで興奮されなきゃいけないの……」

確かに飲み物を買ってもらったときは、ちょっと違う感じで攻めてみたけど。

今のはごくごく普通の行動を取っただけだ。

それで勝手に好感度を上げられても。

人のことを好きすぎでは？

思わず呆《あき》れていると、めくるは観念したような声を上げる。

「……わかった。今度、時間が合えば付き合うから」

「え、いいの。嬉《うれ》しいけど」

「時間が合えばって言った！　合わないことを心から祈っているわ」

捨《す》て台詞《ぜりふ》のように吐き捨て、彼女はのっしのっしとエントランスを進んでいく。

よくわからないけれど、相談には乗ってくれるらしい。

立ち去るめくるの背中に、声を掛けた。

「めくるちゃーん。これありがとー」

買ってもらったカフェモカを持ち上げ、笑顔でふるふると揺らす。

すると、めくるは「うっ」という顔をして、また頬を赤くしていた。

そのまま何も言わず、速足で廊下を歩いていく。

「よっし、あたしも収録がんばろ」

やたらと元気を分け与えてくれた先輩に感謝しつつ、由美子《ゆみこ》もスタジオ内を進んでいく。


コーコーセーラジオの収録は、普段どおりに終わった。

ブースでおしゃべりを楽しんだあと、帰宅するために廊下を歩いていたときだ。

曲がり角で、だれかとぶつかった。

「わぷっ」

「あ、ごめんなさい」

どうやら、あっちが前を見ていなかったらしい。

小走りだったようで、結構な勢いでぶつかってきた。

慌てて謝って相手を見ると、小柄で可愛《かわい》らしい女の子だった。

髪がなびいたせいで、綺麗《きれい》な顔がよく見える。

あぁかわいい子だな——、と思っていたら、千佳《ちか》だった。

千佳《ちか》はこちらにぶつかったあと、少しだけよろめく。

そして、驚きに目を見開いていた。

「ちょっと、渡辺《わたなべ》。なに走ってんの。忘れ物？　にしたって、危ないでしょうが。子供じゃないんだから……、ぶつかったのがあたしだったからよかったけど——」

と、人が説教しているのに、千佳《ちか》はまともに聞いていない。

それどころか、無造作に人の胸を両手でむんず、と摑《つか》んできた。

「……ちょっと？　なんでいきなり人の胸を触ってんの。あんたの国では、怒られているときに相手の胸を揉《も》みなさい、って習うわけ？」

「クッション」

「クッションじゃないわ。人の胸をエアバッグ扱いするんじゃないよ。何なの、あんた……」

心ここにあらず、といった具合に胸を揉《も》んでくる千佳《ちか》に呆《あき》れていると、突然、我に返った。

背後を振り返りながら、今度はこちらの腕を摑《つか》んでくる。

「ちょっと佐藤《さとう》……！　隠れる場所ってない？　さっき廊下を歩いていたら、向こうから来るのが見えちゃって……」

焦《あせ》りを含んだ声を出して、千佳《ちか》は後ろを見ている。

だれかから逃げている？

一体だれから？

由美子《ゆみこ》が怪訝《けげん》な顔で千佳《ちか》の背後を見ると、その相手が現れた。

「あ――――――っ！　夕陽《ゆうひ》せんぱーいっ！」

元気いっぱいの声が飛んできて、千佳《ちか》の肩がビクッとする。

その人は、たたたーっ！　と駆け寄ってきて、千佳《ちか》の身体《からだ》にどーん！　とぶつかってきた。

「ぐえっ」

「夕陽《ゆうひ》せんぱーい！　偶然ですね！　え、収録ですか、ラジオですか？　もう終わったんですか、これからですか？　わー、先輩に会えて嬉《うれ》しいな～！　高橋《たかはし》も今から収録なんですけど、ちょっと時間あるんでおしゃべりしませんか、しましょうよ、先輩先輩先輩～！」

テンション高く千佳《ちか》にまとわりつくのは、千佳《ちか》と同じくらい小柄な少女だった。

丸みのあるショートボブがよく似合う、ボーイッシュな雰囲気の女の子。

顔のパーツひとつひとつが綺麗《きれい》な形をしていて、幼い顔立ちだがとても美人だ。

可愛《かわい》らしいうえに、人懐《ひとなつ》っこい。

クラスの男子を人知れず恋に落とす姿が、容易に想像できた。

「あ！　やすやす先輩だ！　やすやす先輩、お疲れ様です！　やすやす先輩もいるってことは、コーコーセーラジオですね！」

彼女がこちらに気付き、千佳《ちか》に抱き着いたまま、ぺこりと頭を下げた。

千佳《ちか》はげんなりしていたが、抵抗する気も起きないらしい。

抗《あらが》っても、彼女のパワフルさに負けるのがオチだからだ。

「結衣《ゆい》ちゃん、お疲れー。制服変わってるけど、もう高校生だっけ」

「あ、そうなんですよー。制服も新しくなりました！　高橋《たかはし》もおふたりと同じ、コーコーセーです！」

腰に手を当てて、ふふん、と胸を張る。

黒のセーラー服を着ているが、ちょっとサイズが大きいらしい。だぼっとしている。

成長することを見込んで大きめにしたんだろうが、彼女の背はそんなに伸びない気がする。

なったばかりだから当然かもしれないが、あまり高校生にも見えなかった。

セーラー服の上には、見慣れたスカジャンを羽織っている。

背中にかわいい猫の刺繍《ししゅう》のあるスカジャンだ。

彼女はいつもスカジャンを着ていて、「格好いいでしょ！」と誇らしげにしている。

趣味がプールで泳ぐことなので、見えている肌は軽く日焼けしていた。

高橋結衣《たかはしゆい》。

ブルークラウン所属の新人声優である。

二年目の高校一年生、と非常に若く、そしてフレッシュ全開の新人だ。

ここ数年、ブルークラウンからデビューした声優の多くが芸名を使っているが、「なんか慣れるの大変そうなので」という理由から彼女は本名で活動している。

由美子《ゆみこ》が話している分には、可愛《かわい》らしい後輩なのだが……。

「あ！　夕陽《ゆうひ》先輩、どこ行くんですかー！　せっかく会えたんですから、おしゃべりしましょうよー！　してくださいよー！」

そろそろと逃げようとした千佳《ちか》の背中に、どーん！　と抱き着く。

再び、千佳《ちか》がぐえっと声を上げるが、結衣《ゆい》はお構いなしだ。

弾んだ声でまくし立てる。

「先輩先輩！　この前、ファントムの最終回観《み》ました！　夕陽《ゆうひ》先輩の演技、すごかったです！　もう高橋《たかはし》、ずーっと号泣でしたよ！　やっぱり先輩はすごい～！　ますます尊敬しちゃいました！」

「んん……、あぁ、そう……、ありがとう……。あのね、高橋《たかはし》さん。ここ廊下なんだし、あんまり長話はよくないし、そもそも抱き着かないで頂戴……」

「あ、わっかりました！　じゃあ先輩、場所変えましょう！　どこがいいですか？」

「んんんんん……」

グイグイ来る後輩に、困った顔を隠そうともしない千佳《ちか》。

あんなふうに懐《なつ》かれて、どう対応すればいいのかわからない、という感じだ。

上手《うま》く躱《かわ》せず、かといって強く拒絶もできず、逃げることしかできていない。

「……佐藤《さとう》……、佐藤《さとう》っ」

千佳《ちか》が小声でこちらにアピールしてくる。

目で必死に訴えていた。

さすがに一年以上の付き合いだし、彼女が「助けて」と言っているのはわかる。

わかるけれど。

「じゃあ結衣《ゆい》ちゃん、あたしもう行くねー。またねー」

「あ、やすやす先輩、お疲れ様でした！　さ、夕陽《ゆうひ》先輩、どこでおしゃべりします？　いやー、わたし早く来すぎちゃったんで、夕陽《ゆうひ》先輩が付き合ってくれるの嬉《うれ》しいな～」

「……っ！　さ、佐藤《さとう》……っ、佐藤《さとう》っ……」

絶望的な表情を浮かべ、名前を連呼する千佳《ちか》を華麗に無視する。

ずるずると連れて行かれる千佳《ちか》を見送ってから、廊下でひとり笑った。

千佳《ちか》のあんな表情、なかなか見られるものじゃない。

ましてや、こちらにまっすぐ助けを求める姿なんて。

「しかしま――……、渡辺《わたなべ》も丸くなったなぁ」

ひとしきり笑ってから、呟《つぶや》く。

出会った頃の千佳《ちか》だったら、結衣《ゆい》をもっとすげなく扱っていただろうし、何なら暴言を吐いて遠ざけたかもしれない。

『鬱陶しいの。声優だか何だか知らないけれど、そんな物で騒いでバカみたい』

千佳《ちか》と初めて口論したときを、思い出す。

由美子《ゆみこ》はもちろん、若菜《わかな》や木村《きむら》に対しても刺々《とげとげ》しい態度で、周りを寄せ付けなかった。

前に若菜《わかな》も、「今の渡辺《わたなべ》ちゃんは雰囲気やわらかいし、仲良くできるかも」と言って、親交を深めていた。

結衣《ゆい》が千佳《ちか》にまとわりつき始めたのも、ここ数ヶ月のことらしい。

千佳《ちか》も、いろいろと成長しているんだろう。

「ん？」

ロビーに出ると、見知った顔を見つけた。

設置されたソファに腰掛け、その人はスマホをいじっている。

視線に気付いたのか顔を上げ、目が合った。

おう、と軽く手を挙げてくれる。

由美子《ゆみこ》はぱっと表情を明るくさせて、彼女の元へと寄っていった。

「お疲れ様です、大野《おおの》さん。どうしたんですか、ロビーにいるなんて」

「あぁ。収録終わりで、ちょっと人待ち。そろそろあっちも終わると思うんだけど」

彼女はちらりと腕時計を見た。

大野麻里《おおのまり》。

二代目プリティアの主人公役であり、ファントムで共演した先輩声優だ。

由美子《ゆみこ》の尊敬する声優のひとりで、ファントムの収録現場では本当にお世話になった。

由美子《ゆみこ》が苦戦した最後のアフレコでは、森《もり》とともに善意で抜き録《ぬど》りに参加し、由美子《ゆみこ》をサポートしてくれた。

ソファには大野《おおの》以外だれも座っておらず、彼女は人を待っているという。

意識するよりも早く、由美子《ゆみこ》は口を開いていた。

「あのー、大野《おおの》さん。それなら、待ってる人が来るまで、あたしとお話ししてくれません？」

由美子《ゆみこ》のお願いに、大野《おおの》は小さく笑い声を上げる。

「なんだ、歌種《うたたね》。あんた、現場以外だと随分人懐《ひとなつ》っこいねぇ。いいよ」

「やたっ」

大野《おおの》の隣に腰掛ける。

ファントムの現場では全く余裕がなく、先輩とあまり交流できなかった。

それに加え、大野《おおの》は『生き残れる声優としか、交流したくない』と公言している。

そのせいで、ファントムの現場ではほとんど話せなかった。

しかし、大野《おおの》は呆《あき》れたような目を向けてくる。

「いいとは言ったけどさぁ。あたしみたいなおばちゃんと、歌種《うたたね》みたいな若い奴《やつ》が話すことなんてないと思うけどねぇ」

「何言ってんですか。あたしは、大野《おおの》さんと話したいことといっぱいありますよ」

おばちゃんと言うものの、大野《おおの》の容姿は四十代後半とは思えないほど若々しい。

今日の格好はベージュのジャケットにスリムパンツ。

細身で背も高いため、とてもよく似合っている。

格好いいなぁ、と素直に思った。

大野《おおの》は軽く肩を竦《すく》め、子供のように頭の後ろで手を組む。

「つっても歌種《うたたね》。あんた、あたしと森《もり》なら森《もり》派だろ」

「それは森《もり》さんですけど」

「おい」

じろりとこちらを睨《にら》んでから、おかしそうに笑う。

いいね、と呟《つぶや》いてから顔を覗《のぞ》き込《こ》んできた。

「で、なに。なんか相談でもあんの」

「いや、そういうわけじゃ……、あ！　いえ、やっぱり相談させてもらっていいですか」

単に話したかっただけだが、彼女の言葉で母の話を思い出した。

業界のいろんな先輩に、相談したほうがいい。

大野《おおの》が聞いてくれると言うのなら、お言葉に甘えたい。

「あたし、今年で高校三年生になったんですよ。それで、ちょっと進路に悩んでまして……」

高校卒業したあと、声優だけでやっていくのか、進学するのか。

ほかの人にも相談した話を、大野《おおの》に伝えた。

「どう思いますか？」

「そもそも、歌種《うたたね》って勉強できんの？　今から準備して大学行ける？」

「まぁ。いい大学は無理でしょうけど、今からちゃんと勉強すれば、普通の大学には行けると思いますけど」

「そんな格好してんのに？」

「あ。大野《おおの》さん、ギャルは全員勉強できないと思ってるでしょ。あたしはそれなりに真面目ですよ」

「まぁ……、真面目なのは知ってるけどさ」

そんなもんか、と大野《おおの》は鼻を搔《か》く。

んー、と小さく首を傾《かし》げてから、大野《おおの》は口を開いた。

「あたしは別に、行かなくてもいいんじゃない？　って思うけどな。メリットとデメリットが、あたしの視点では釣り合ってないから」

彼女は指を二本立てて、それをプラプラ揺らす。

「大学入ったからって、それが保険になるかはビミョー。ここからあんたが二、三年で声優を諦めて、大学三年で就活するっていうなら、そりゃ大学は行ったほうがいいよ？　でも、どうせそんなに早く諦めきれないだろ。諦めるにしてもずっと先で、『じゃあ就職すっか』ってなる。既卒職歴なしのために、四年を注《つ》ぎ込《こ》むのはあんまりメリットないんじゃない」

さらさらと流れるように大野《おおの》は言う。

予想と違う切り口に、咄嗟《とっさ》に相槌《あいづち》が打てなかった。

それには構わず、大野《おおの》はさらに言葉を重ねた。

「歌種《うたたね》って今年四年目だっけ？　来年五年目か。五年目から八年目って、めちゃくちゃ大事な踏ん張りどころでしょ。専業になれば、学生よりもよっぽど仕事に没頭できる。伸びしろを大事にして、この四年を将来への投資と割り切るなら、進学しなくていいとあたしは思うね」

そう話を締めくくって、ちらりと時計を見る。

まだ時間はあるようで、いたずらっぽい笑みをこちらに向けた。

「意外だったか。あたしがこんな話をして」

「え、えぇ……。正直なことを言えば」

「何も考えてないと思われてるけど、あたしもいろいろ考えてんのよ。考えてなきゃ、この業界ここまで生き残ってねー」

何も考えてない、とまでは言わないが、もう少し直感的な人だと思っていた。

しかし、大野《おおの》の言うとおりである。

声優業界という荒波をその身ひとつで渡ってきた人だ。

何も考えていないわけがない。

「あたしは進学したけど、正直行かなくてもよかったな、って今でも思ってるくらいでね。今食えてるから、そう思えるんだろうけどさ。だけど、あの四年間を全部仕事に突っ込んでいれば、今、もっと……」

大野《おおの》は独り言のように呟《つぶや》いたが、やがて言葉を続けるのをやめてしまった。

その目は、どこか遠くを見ている。

そのうえで、ぎらついていた。

少しの間黙ったあと、気を取り直したように大野《おおの》はニッと笑う。

「そういや歌種《うたたね》。あんた、ファントムの最終回はもう観《み》た？」

「……観《み》ました、けど」

言《い》い淀《よど》んだ理由は、簡単だ。

大野《おおの》に夕暮夕陽《ゆうぐれゆうひ》を褒めてほしくなかった。

あの演技は素晴らしいと思う。

感動もした。素直にすごいと言える。

けれど、大野麻里《おおのまり》という声優から、千佳《ちか》を褒める言葉を聞けば、きっと悔しくて仕方がなくなってしまう。

まるでその感情さえも見通したように、大野《おおの》は笑った。

「いやぁ、すごかったな。あいつは伸びたよ。ぐっと伸びた。最終回を経て、さらにこっから伸びるだろーね。歌種《うたたね》も最後の演技はよかったけど……、きっちりぶち抜かれたなー」

「大野《おおの》さん、声優の労働環境について、どう思います？」

「話の逸《そ》らし方が露骨すぎる。絶妙に食いつきたくなる話題を持ってくんな」

ふふ、と小さく笑ってから、大野《おおの》はエレベーターのほうに目を向ける。

「歌種《うたたね》。あんた、夕暮《ゆうぐれ》のことを物凄《ものすご》く意識してるっしょ。ライバルだー、つって」

「え。な、なんで、ですか」

言葉に詰まる。

すると、彼女は呆《あき》れたような目を向けてきた。

「なんでって、そりゃわかるよ。あんだけお互いに意識してますー、って空気出してたら。もしかして隠してるつもりだった？　中学生でももうちょっと上手《うま》く本心隠すよ」

「…………」

どうやら自分たちが意識し合っていることは、周りにもバレバレらしい。

恥ずかしすぎる……。

傍《はた》から見て、「あぁ意識してんなー」と思われているなんて……。

以前めくるにも同じことを指摘されたが、彼女とはいっしょにいる時間も長い。

アフレコが数回同じになっただけの大野《おおの》でもわかるのは……、ダメだろ……。

由美子《ゆみこ》が内心、羞恥に悶《もだ》え苦しんでいるのを知らずに、大野《おおの》は話を続ける。

「まー、ライバルがいるのはいいことだよ。それは絶対プラスになるから。でもね、歌種《うたたね》。先輩として、きちんと忠告しとくけど」

軽い調子で話していた大野《おおの》だったが、次に出てきた言葉はひどく重みがあった。

「夕暮《ゆうぐれ》のライバルでいたいのなら、負けることが当たり前になるなよ」

その一言は、胸にずきりとした痛みを与えた。

自分の弱いところを、的確に刺激されたようで。

黙って次の言葉を待っていると、大野《おおの》は静かに息を吐く。

「ライバルってのは、競ってこそ。片方が後ろにいることに慣れたら、それはもうライバルじゃなくなる。双方にとって、損だ」

「それはもちろん……、そのつもりでは、ありますけど」

言葉尻が弱くなったのは、ファントムの最終回で打ちのめされたばかりだからだ。

もちろんこのままでいるつもりはないが、気持ちのいい返事はできなかった。

すると、大野《おおの》は嬉《うれ》しそうに笑う。

「負け越してもいいけど、勝てるときは勝てって話だ。シラユリのときみたいに、な」

その言葉は――、胸がぐっと詰まった。

尊敬する先輩にそう言われて、嬉《うれ》しくないわけがない。

「ライバル関係を続けるのは、しんどいけどなー。でも、そのしんどさは成長するうえで、必要なことだよ。化け物相手に、必死こいて喰《く》らいついてたあたしが言うんだ、少しは信憑性《しんぴょうせい》あるでしょ」

化け物。

だれのことを言っているかは、わかる。

森香織《もりかおり》だ。

大野《おおの》と同世代で、今もなお第一線で活躍する人気声優。

大野《おおの》が化け物と称するように、凄《すさ》まじい演技力と多彩な声色を使い分ける、本物の怪物だ。

「やっぱり、大野《おおの》さんは森《もり》さんがライバルですか」

「そういう時代もあったって話。いやぁ若かったねぇ」

膝を打ちながら、大野《おおの》はおかしそうに笑っている。

その表情はとてもやわらかい。

本当に大事なものを語るかのようだった。

「世間的な人気とか、何かの役に受かったー、とか。そういうのももちろん大事だけどさ。それだけじゃなくて。相手と自分だけの、すっごい個人的なものになるけど、そんなものを大事に持っているのも案外いいもんだよ」

その言葉は抽象的だったけれど、意味はしっかりと伝わる。

何より、それを語る彼女の横顔がとても綺麗《きれい》だった。

少年のような笑顔になり、大野《おおの》は身体《からだ》を揺する。

「それにね、歌種《うたたね》。森《もり》に勝つとめちゃくちゃ気持ちいいのよ。あいつ、露骨に不機嫌になるから。一発で態度に出る。それを見ると最高に気持ちよくて、夜に飲む酒がまーた旨《うま》くてねぇ」

「え、森《もり》さんがですか？」

全く想像できない。

由美子《ゆみこ》の知る森《もり》は、静かで、表情もなくて、演技以外は全く興味がなさそうなのに。

それが不機嫌……、えー、どんな感じになるんだろ……、と思いを馳《は》せていると、大野《おおの》が「ん」と声を上げた。スマホを取り出している。

「あぁ。今終わったみたいだ。そろそろ来るって」

「あ、じゃああたし、どきますね」

慌てて立ち上がる。

大野《おおの》に付き合ってもらうのは、あくまで待ち人が来るまでだ。

相談に乗ってもらったこと、話を聞かせてもらったことに丁寧にお礼を言ってから、その場を立ち去ろうとする。

「歌種《うたたね》」

そこで呼び止められた。

振り向くと、彼女はひらひらと手を振っている。

「今日は無理だけど、今度メシでも行こうか」

「！」

大野《おおの》から、ご飯に誘われた！

それは、由美子《ゆみこ》にとって大きな意味がある。

何せ、大野《おおの》は『生き残れない声優とは遊びたくない』と宣言しているからだ。

つまり、彼女からご飯に誘われたのは――、そういうこと、と思っていいのだろうか。

ファントムの収録現場で、それらしき評価は受けている。

千佳《ちか》からも教えてもらった。

だけど、察するのと本人から言われるのでは、全く違う。

思わず、表情をぱあっと明るくしてしまった。

スマホを取り出しながら、大野《おおの》の元へ駆け寄る。

「行きます行きます、行きたいです！　いつ行きます？　というか、大野《おおの》さん連絡先交換しましょうよ。いつ大丈夫なのか教えてください」

「お、おお……、え、グイグイ来るね。いいけどさ……。いや、歌種《うたたね》。これであたしが社交辞令だったらどうするつもり？」

「社交辞令ってあたしよくわかんないんですよね。行く気ないのに誘うとか、なぞなぞ？　って思います」

言いつつ、スマホを操作する。

すると、大野《おおの》はふっと表情を緩めた。

こちらの肩をぽんぽんと叩《たた》き、スマホを差し出してくる。

「わかった、わかった。近いうちに必ず声掛けるよ。あんた、面白い奴《やつ》だねえ」

面白いと評される理由はわからなかったが、大野《おおの》が笑ってくれたのは嬉《うれ》しかった。

そして、連絡先を交換している最中。

スマホに目を落としたまま、なぜか彼女はこんなことを言い出した。

「そういえば、歌種《うたたね》。高橋結衣《たかはしゆい》って声優、知ってる？」

「？　知ってますよ。ついさっき、廊下で会ったので軽くしゃべりましたし」

「あぁ。知り合いか。そっか」

さっきまで流暢《りゅうちょう》に話してくれたのに、結衣《ゆい》の話題になった途端、口数が減ってしまう。

大野《おおの》から振ってきたのに、どういうことだろうか。

「結衣《ゆい》ちゃんがどうかしました？」

「いや。面白い後輩ってので、思い出してさ。歌種《うたたね》は共演したことある？」

「ありますよ。お互いちょい役でしたけど。ずっと前に一回だけ」

人懐《ひとなつ》っこく挨拶に来てくれて、結衣《ゆい》とはそのときに知り合った。

そのあと共演することはなかったが、偶然会ったときは互いに声を掛ける間柄だ。

かわいい後輩だし、面白いと言えば面白い子だけれど……。

大野《おおの》がわざわざ話題に出すのは、ちょっと不自然な気がした。

「そっか。いや、悪い。ちょっと訊《き》いてみたかっただけ」

そんなふうに言って、笑う。

それ以上は、なんとなく訊《き》きづらかった。

NOW ON AIR!! 第54回

「はいはーい、今日はゲストさんが来てるんですよ。早速どうぞー」

「みなさん、おはようございます！　ブルークラウン所属、二年目、高橋結衣です！　尊敬している人は夕暮夕陽先輩です！　よろしくお願いします！」

「声がでかい」

「フレッシュが過ぎる」

「ええ、なんですかなんですか、もしかしてアウェイですか？　今日わたし、すっごく楽しみにしてたんですよー？　夕陽先輩といっしょにラジオ出られるなんて、嬉しいです！」

「声がでかい」

「あたし、結衣ちゃんはすっごくいい子だと思ってるけど、女の趣味は悪いと思う。ユウを尊敬しているんだって？」

「そうです！　だってもう、めちゃくちゃ格好いいじゃないですかー！　クールだし、演技すっごく上手いし！　あ、この先輩に一生ついていこう！　って思いましたもん」

「声と表現がでかい」

「多分それ、あたしの知ってる夕暮夕陽とは別の夕暮夕陽かな」

「えー？　でも、やすやす先輩だって夕陽先輩のこと、尊敬してるじゃないですか！　前にラジオで手紙を」

「声がでかい！」

「いや本当に。耳キーンってなるわ。話題変えよ。えー、結衣ちゃんって二年目に入ったばかりでしょ？　仕事は慣れた？」

「いやー、ぜんぜん！　高橋、声優のお仕事を知ったの中学のときだし、なりたいなーと思って今の事務所に行って、いろいろやってたらなれたー、って感じなので。大変でしたよ～」

「……ブルークラウンって、そんな簡単に入れたっけ？」

「いえ。むしろ、厳しいほうって聞いているけれど。わたしもびっくりした」

「なんか結衣ちゃん、異色っぽいよね。あんまりブルークラウンって感じしないし。本名で活動するのも、ブルークラウンの新人じゃ珍しいほうじゃない？」

「あ、そうですねー。芸名の人のほうが多いかもです。高橋も最初は芸名にする予定だったんですけど、なんだか混乱しそうだなーって。あ、でも、夕陽先輩から一字もらえるなら、芸名もいいかも？」

「重いのよ」

「本当に尊敬してるんだねぇ……」

「それはもう！　恩人でもありますし！　わたし、去年はぜんぜん仕事もらえなくて！　でも、尊敬する夕陽先輩の演技を参考にさせてもらってから、ちょっとずつ仕事が増えて！　夕陽先輩には感謝感謝です！　しかも、今回は共演できるわけじゃないですか――」

to be continued……

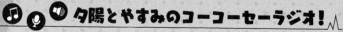

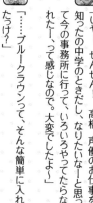

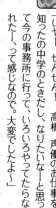

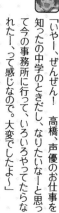

第54回の『夕陽《ゆうひ》とやすみのコーコーセーラジオ！』には、ゲストが呼ばれていた。

千佳《ちか》と同じくブルークラウン所属、高橋結衣《たかはしゆい》だ。

彼女がゲストでやってきた理由は、単純明快。

告知である。

「あ、結衣《ゆい》ちゃん。そろそろ告知してほしいってさ」

朝加《あさか》から巻きの指示が入り、由美子《ゆみこ》が結衣《ゆい》にパスをする。

千佳《ちか》の魅力を夢中で語っていた結衣《ゆい》だが、それで我に返った。

慌てて、自分の台本をめくり始める。

「わかりました！　えー、わたくし高橋結衣《たかはしゆい》が『魔女見習《まじょみなら》いのマショナさん』の主人公、マショナを演じることになりました！　初主演です、頑張ります！　よろしくお願いします！」

続いて、千佳《ちか》が自身の台本に目を向けた。

「そしてわたし、夕暮夕陽《ゆうぐれゆうひ》が主人公の親友役、クラリスを演じます」

「同じく親友のシール役を、あたし歌種《うたたね》やすみが演じまーす。さらに毎週、『魔女見習《まじょみなら》いのマショナさん』の振り返り特番の放送が決定しています。あたしたち三人が出ているので、こっちもチェックしてくださいな」

……と、いうわけだ。

メインキャスト三人が集まるので、急遽《きゆうきよ》、結衣《ゆい》がコーコーセーラジオのゲストに呼ばれることになった。

主人公役の結衣《ゆい》は、嬉《うれ》しそうにニコニコしている。

「いや～、この三人でアフレコも楽しみですけど、特番もできちゃうなんて！　とってもハッピーです！　夕陽《ゆうひ》先輩、朝加《あさか》さん、仲良くしてくださいね！」

「……はいはい。朝加さん、そろそろ終わってもいいですか？」

「せぇんぱぁい。冷たいなぁ、もう！」

「………？」

千佳《ちか》と結衣《ゆい》のやりとりは、それほどおかしくはない。

元々、千佳《ちか》は結衣《ゆい》に対してそっけないし、それはそれで結衣《ゆい》は嬉《うれ》しそうにしている。

けれど、ほんの一瞬――、千佳《ちか》の表情に翳《かげ》りが見られた。

それはおそらく、だれもが気付かないようなわずかな変化だ。

けれど、由美子《ゆみこ》の目には見えた気がした。

とはいえ、それが問題を引き起こすことはなく、つつがなく収録は終了する。

「いやぁ～、お疲れ様でした！　楽しかったです！」

にぱっと太陽のような笑顔を見せる結衣《ゆい》。

明るくて可愛《かわい》らしいが、ここまで裏表のない子も珍しい。

収録と同じようなテンションで、話を続ける。

「あのあの！　このあとって、打ち上げってほどじゃないですけど、どこか寄ったりしませんか？　お茶でもご飯でも！　どうですか？」

目をキラキラさせながら、千佳《ちか》と由美子《ゆみこ》を交互に見ている。

由美子《ゆみこ》としては大歓迎だが、千佳《ちか》はどうだろうか。

隣の千佳《ちか》を見ると、彼女はブースの外を指差した。

「あぁ、わたしは次の仕事があるから。ほら、マネージャーも待たせているし」

そこには夕暮夕陽《ゆうぐれゆうひ》のマネージャーである、成瀬珠里《なるせしゅり》がいた。

困ったような顔で会釈《えしゃく》している。

あぁこれ嘘《うそ》だな、と瞬時に悟った。

きっと結衣《ゆい》から逃げる方便だ。

何なら、そのために成瀬《なるせ》を呼んだ可能性すらある。

「ええ、そうなんですか……。残念です」

結衣《ゆい》は少しも疑っておらず、しょぼんと肩を落とした。

素直に信じる姿にさすがに罪悪感を覚えたのか、千佳《ちか》はそっと目を逸《そ》らす。

可愛《かわい》らしく落ち込む結衣《ゆい》だったが、ふっと「ん？」と首を傾《かし》げた。

上目遣いで千佳《ちか》を見る。

「でも、先輩。次の仕事って、アフレコ、ではないですよね？」

「え？　あ、あぁ……、そ、そうね」

千佳《ちか》は目を合わせないまま、気まずそうに答える。

するとその瞬間、結衣《ゆい》はぐぐっと顔を寄せた。

「でも、生配信系の番組でもないはずです。この時間からの配信で、先輩が出演予定の番組は存在しません。では、ラジオか何かの収録？　それもありえません。夕陽《ゆうひ》先輩の今のレギュラーはコーコーセーラジオだけですし、ゲストの予定もないですよね？」

「…………」

千佳《ちか》の顔を覗《のぞ》き込《こ》みながら、つらつらとおそろしいことを述べる結衣《ゆい》。

知らないことは何もない、と言わんばかりだ。

千佳《ちか》が彼女に押されていると、さらに結衣《ゆい》は顔を近付ける。

「――先輩。本当に、仕事なんですか？」

こっわ。

え、こわ。どうしたの急に。やめてほしいそういうの。

可愛《かわい》くて素直でいい子な後輩が、重い愛のせいで危ういことになっている……。

見たくないんだけど、そういうの……。

由美子《ゆみこ》は結衣のその様子に引いたが、千佳《ちか》も同じように引いている。

どうするんだろう、と様子を窺《うかが》っていると、千佳《ちか》はふふんと笑った。

「な、なら、高橋《たかはし》さん。わ、わたしが、嘘《うそ》をついている、とでも？　あ、あなたはそう、言いたいの？　ふ、ふーん。随分と、信用されてないのね、わ、わたしは」

嘘《うそ》ついてんじゃん。

というか、裏返った声で口籠っておいて、何を余裕ぶってんだ。

相変わらず、ごまかすのが下手だな……。

思わず心の中で呟《つぶや》いてしまったが、結衣《ゆい》は結衣《ゆい》でアレだった。

結衣はしどろもどろになりながら、慌てて言葉を連ねる。

「い、いや、あの、そ、そういうわけじゃ……！　ち、ちがうんです、今のは、か、確認です！　高橋《たかはし》は、夕陽《ゆうひ》先輩が嘘《うそ》つくような人だとは、お、思ってません……！」

「そいつ一年前はファン全員騙《だま》してたよ」

「やす」

つい横槍《よこやり》を入れると、千佳《ちか》から思い切り睨《にら》まれた。

それはあなたもでしょうが。いいから黙ってなさい、と眼力にメッセージを込めてくる。

千佳《ちか》はふっと力を抜いて、結衣《ゆい》の肩を叩《たた》いた。

「そう。わたしは嘘《うそ》をつかない。嘘《うそ》をついたこともない。だから、あなたと寄り道できないのは嘘《うそ》じゃない。それはいい？」

「はい。夕陽《ゆうひ》先輩、嘘《うそ》つかない。ついたことない。だから高橋《たかはし》と遊べない。いいです」

こくこく、と頷《うなず》いている。

ちょっとここに拇印《ぼいん》押して？　と言ってもやってくれそうな勢いだ。

あまりにも従順に言うことを聞くせいか、千佳《ちか》は気まずそうな顔をした。

小さくため息を吐《つ》く。

「……今度、時間が合うようだったら、付き合ってあげなくもないから」

千佳《ちか》は結衣《ゆい》の頭に、ぽん、と手を載せた。

あっ、と声が出そうになる。

由美子《ゆみこ》が心配したとおり、結衣《ゆい》の表情が眩《まばゆ》いくらいにピカピカッと輝いた。

「～～～っ！　夕陽《ゆうひ》先輩～！　大好きです！」

「ぐえっ」

感情の昂《たかぶ》りをそのままに、結衣《ゆい》は千佳《ちか》に真正面から抱き着く。

抱き着くというか、もはやタックルというか。

ダメージを抱えた真っ青な顔で、千佳《ちか》は「もうやだ……」と呟《つぶや》いた。

「いや、ほんと、勘弁して、離して、離して、高橋《たかはし》さん……」

うわ言のように言っても結衣《ゆい》は離してくれないので、結局、引きずりながらブースから出ていった。

「……なんだか、すごいね。あのふたり。相性いいんだか、悪いんだか」

ずっと黙って見ていた朝加《あさか》が、苦笑いする。

「ユウがいないところでは、普通にいい子なんだけどね、結衣《ゆい》ちゃん……」

答えつつ、由美子《ゆみこ》も帰る準備を進めた。

朝加《あさか》たちも次があるので、今日はおしゃべりできないそうだ。


スタジオから駅までの道をとぼとぼ歩く。

千佳《ちか》は結衣《ゆい》の拘束から脱出できたのか、廊下にふたりの姿はなかった。

あんなふうに後輩から慕われたことがないせいか、千佳《ちか》のたじたじな様子は新鮮である。

「ん」

その原因である、結衣《ゆい》の姿が見えた。

道の端に寄って、だれかと通話をしている。

「はいはーい、了解でーす。わっかりました！　頑張りますね！」

スマホを耳に当てながら、スケジュール帳にペンを走らせている。

話す動作が大きいらしく、声を上げるたびにスカジャンとセーラー服のタイが揺れていた。

「あ！　やすやす先輩！　お疲れ様でーす！」

ちょうど電話が終わったタイミングで、結衣《ゆい》がこちらに気付いた。

ぱっと表情を明るくさせ、ぶんぶんと手を振ってくる。

かわいい後輩。

そんな言葉が頭に浮かび、自然とこちらも笑みがこぼれる。

「お疲れー。結局、結衣《ゆい》ちゃんはユウに逃げられちゃったの？」

「に、逃げられたわけじゃないです！　普通に別れました！　なんか、たったかたー！　って行っちゃいましたけども！　それよりやすやす先輩、今から高橋《たかはし》とお茶とかどうですか？」

「あたしはユウの代わりぃ？」

「代わりです！　高橋《たかはし》の一番は夕陽《ゆうひ》先輩ですから！」

むん、と両手を持ち上げ、人のことを代わり呼ばわりする。

お互い冗談だとわかっているので、気の抜けた笑みを交わし合った。

おいしいスイーツが食べたい！　という結衣《ゆい》の要望に応えるため、電車に乗り込む。

「そういえば、やすやす先輩。『マショナさん』のスケジュール見ました？」

吊革《つりかわ》に摑《つか》まった結衣《ゆい》が声を潜める。

仕事の話だから、周りに聞こえないよう気を遣ったようだ。

「あぁー、見た見た。結構びっくりした」

「ですよね！　高橋《たかはし》も、あれ見て声出ちゃいました」

加賀崎《かがさき》から『魔女見習《まじょみなら》いのマショナさん』の話を聞いたとき、真っ先にその問題が現れた。

加賀崎《かがさき》も、「まずいかもしれん」と口にした問題。

それは。

「週に二回もアフレコやるなんて、珍しいですよね？　高橋《たかはし》、アフレコは週一回だと思ってたから、びっくりしちゃって」

結衣《ゆい》が頬に指を当てながら、首を傾《かし》げる。

そうなのだ。

由美子《ゆみこ》、千佳《ちか》、結衣《ゆい》のスケジュールが空いていることを知って、先方は週に二回のアフレコを入れてきた。

たった六週間で、1クールのアニメを録《と》る予定だ。

「スケジュールの関係で二本録《ど》りになったり、抜《ぬ》き録《ど》りで週に二回することはあるけど……。毎週二回のアフレコはあたしも初めてかな……」

例外はあるにせよ、三十分アニメのアフレコを毎週二回するのは珍しいのではないか。

それに加えて。

「ですよねぇ。しかも、毎週生放送で特番やるんですよね？　こういうのって多くても最初、最後、あとは中盤？　くらいだと思ってました」

彼女の言うとおり、特番も多かった。

毎週、生配信を行う予定になっている。

たとえばこれが、ラジオ番組として立ち上げるのなら、わかるのだ。

歌種《うたたね》やすみがやっていた、『プラスチックガールズ』や柚日咲《ゆびさき》めくるの『十人のアイドル』など、アニメ放送時にラジオ番組が始まる作品は珍しくない。

しかし、『マショナさん』はあくまで振り返り特番という形で、映像付きの生配信を行う。

SNSや別のラジオ番組でも宣伝してほしい、と制作側から言われていた。

だからこそ、コーコーセーラジオにも結衣《ゆい》がゲストとして来たわけだ。

何だか不穏な空気を感じるが、結衣《ゆい》はにこっと笑う。

「でもアレですよね！　週に二回アフレコ、週に一回特番なんて、うおお～！　仕事してるなあ～！　って感じが出て、すごくいいですよね！」

「わ、わかる……」

この状況はかなり不安になるけれど、それはそれとして仕事の密度は上がっている。

大変そう、とは思うものの、その「大変そう」という実感自体が嬉《うれ》しい。

「結衣《ゆい》ちゃん、頑張ろうね。せっかくもらったお仕事だから。なんかヤバそうだけど」

「はいっ！　なんかヤバそうですけど！　週に三回も夕陽《ゆうひ》先輩と会えるなんて、高橋《たかはし》はそれだけでハッピーです！　頑張りましょう！」

えい、えい、おー！　とでもやりたかったのか、結衣《ゆい》は拳を持ち上げる。

しかし、電車内であることを思い出したらしく、照れ笑いして手を引っ込めた。

「やすやす先輩、お疲れ様でした！　またおしゃべりしましょうねー！」
笑顔でぶんぶんと手を振る結衣《ゆい》が、電車に運ばれていく。
結衣《ゆい》と軽くお茶を楽しみ、今はその帰り道。
由美子《ゆみこ》はひとり、駅から自宅に向かって歩き始めた。
暗くなった住宅地を、街灯だけが照らしている。
人通りはない。
自分の足音を聞きながら、そっと結衣《ゆい》のことを思い出していた。
「主役か……、いいな……」
思わず、そんな言葉が口を突いて出る。
高橋結衣《たかはしゆい》は、まだ二年目になったばかりの新人だ。
けれど、早くも主役を勝ち取っていた。
主人公役。
主役。
その言葉は、重い。
由美子《ゆみこ》だって、作品のメインキャラクターを演じたことはある。

けれど、主人公を演じたことはまだ一度もなかった。

「結衣《ゆい》ちゃん、二年目なのにな……」

出演する作品の主人公が、後輩。

それはよくあることで、珍しいことでも何でもない。

今までだって、経験したことはある。

あるけれど。

「いいな……。主人公かぁ……、いいなぁ……」

今日は妙に心に残ってしまった。


『魔女見習《まじょみなら》いのマショナさん』の第一話アフレコ、当日。

この日は加賀崎《かがさき》といっしょにスタジオへ向かったが、千住《ちか》も成瀬《なるせ》とともに来たようだ。

学校を出たのはバラバラだったのに、エントランスの前でバッタリ会った。

「あぁ、成瀬《なるせ》さん。お疲れ様です。この間は、ありがとうございました」

「お疲れ様です！　こちらこそです。いろいろわかって助かりました」

加賀崎《かがさき》がにこやかに話けかけ、成瀬《なるせ》も笑顔を返している。

何やら意味深な視線を交わし合っているのが、とても気になる。

「えー、ちょっと。加賀崎さん、この間は、ってなに？　なるさんと何話してたのさー」

「ばか。仕事のことだよ。情報交換」

「情報交換？」

加賀崎《かがさき》は肩を竦《すく》める。

「いろいろあるの。現場のこととか、いろいろな。さ、由美子《ゆみこ》。今日の仕事は大変かもしれないから、気合入れていけよ」

気になる言い回しをしつつ、加賀崎《かがさき》はこちらの肩を叩《たた》く。

奇妙なことに、成瀬《なるせ》も同じようなことを言いながら、千佳《ちか》の肩に手を載せた。

「そうですよ。夕陽《ゆうひ》ちゃんも、頑張っていきましょう。何かあったら、すぐに言ってね」

「はぁ……。頑張り、ますけど」

普段とは違う態度のマネージャー陣に、怪訝《けげん》な表情を浮かべてしまう。

何かあるの？　と訊《き》こうとした、そのときだった。

「あ！　夕陽《ゆうひ》先輩だ！　やすやす先輩とマネージャーさんも！　お疲れ様でーす！」

「ぐえっ」

結衣《ゆい》がそこに登場し、千佳《ちか》に体当たりする。

それでなんとなく訊《き》くタイミングを逃し、五人でスタジオ入りした。

まずは挨拶のために、調整室に顔を出したのだが。

なんというか、ばたついていた。

すごく。

『魔女見習《まじょみなら》いのマショナさん』のスタッフたちは、妙に慌ただしかった。

「長野《ながの》さん、長野《ながの》さんっ！　頼んでいたデータがないんだけど、持ってきてるよね？　大丈夫だよね？　わ、忘れてないよね？」

「え、あ、ちょ、ちょっと待ってください……っ。あの、すみません、カッティングした映像の最終版ってこれですか……？　あ、合ってます？」

「か、確認します！　あ、そ、それと助監督、脚本の差し替え部分って結局どうなって――」

「そ、それは今やってもらってますから！　そ、そのうち届きます！　それより――」

「ちょちょちょ、ちょっと待ってよ、助監督、それは、まずいでしょうが――」

「いやもう、時間ないんですよ、それどころじゃないから早く――」

スタッフたちがバタバタと動き回っている。

あれはどうなった、これが足りない、だれだれさんどこ行きましたか、これ大丈夫なんですか、あいつどこ行った、これお願いしていいですか、すみませんこっち対応してください。

そんな言葉が飛び交い、だれもが困ったような顔で手を動かし、右往左往している。

修羅場。

修羅場である。

アニメ制作が修羅場に陥るのは珍しくないが、それはあくまで制作スタジオ内でのことだ。

こうして録音スタジオまで浸食してくることはそうそうない。

呆気《あっけ》に取《と》られたが、とにかく挨拶を投げ掛ける。

「チョコブラウニー所属の歌種《うたたね》やすみです、本日はよろしくお願いします！」

「ブルークラウン所属の夕暮夕陽《ゆうぐれゆうひ》です。本日はよろしくお願いします」

「ブルークラウン所属の！　高橋結衣《たかはしゆい》です！　本日はよろしくお願いしますー！」

三人の声優がそれぞれ挨拶をすると、スタッフたちの身体《からだ》がピャッと跳ねる。

どうやら、こちらの存在に気付いてなかったらしい。

取り繕うような笑顔で、「よ、よろしくお願いしますー……」と返してきた。

さっきまでのバタつきを、ごまかそうとしている。

「おはようございます！　週二回のアフレコと特番、大変だと思いますが、どうぞよろしくお願いします！」

その中で唯一張りのある声で挨拶してくれたのは、スーツ姿の男性だった。

容姿には気を遣っていそうだが、顔やスーツには疲れが見え隠れしている。

彼はニコニコしながら何かを言いかけたが、スマホが着信を知らせて、「おっと！　すみません！　失礼します！」と廊下に出ていった。

そして少し離れた場所から、「はい！　営業の山内《やまうち》です！　申し訳ありませんでした！」という声が響き始め、それからずっと謝罪の言葉が聞こえていた……。

ひとまず、自分たちも呼ばれるまではロビーで待機する。

ロビーにもスタッフを見掛けるが、彼らも揃《そろ》って忙《せわ》しない。

「いやー……、なんだかすごいことになってますね。大丈夫なんでしょうか。心配になってきますね！」

とても心配してるとは思えない元気の良さで、結衣《ゆい》は周りを見回している。

「いや、本当に。忙しそうだね。忙しそうな人を見てると手伝いたくなるけど……、あたしにできることってないからなぁ」

「あ！　すっごくわかります！　手伝えることありますか？　って訊《き》きたくなりますよねー。残念ながら、ないんですけど……」

「わたしたちにできることは、演技だけでしょうに。せめて、リテイクを増やさないように気を付けましょう」

ぽつぽつと話しながら、忙しそうなスタッフを見守る。

時間が経《た》つにつれてほかの声優もスタジオ入りし始め、アフレコ開始の時間になる。

初回の収録なので、監督たちの挨拶から始まった。

ブース内で、声優と制作陣が顔を突き合わせる。

制作陣の挨拶では、監督や音響監督のほかにも、原作者がいることもあるのだが――、この収録には来ていなかった。

というか、そもそも人数が少ない。

作品によっては制作陣がずらりと並び、声優側も人だかりのようになるが、今のブース内はがらんとしていた。

出演声優が少ないのもそうだが、スタッフ側にふたりしかいないのだ。

「みなさん、お疲れ様です……。助監督の日比野《ひびの》です」

ぺこり、と頭を下げるのは、かなり若い女性だった。

疲れた顔に最低限のメイクをし、髪は後ろで雑に括《くく》っている。

ブラウスにカーディガン、下はスラックスというシンプルな出《い》で立《た》ちだが、どれもくたびれていた。

本人もぐったりしている。

容姿に気を遣う余裕もない、といった様子だ。

「音響監督の中川《なかがわ》です」

日比野《ひびの》を気の毒そうに見ながら、音響監督も挨拶を口にする。

四十代くらいの少しふくよかな男性で、やさしそうな見た目と声をしている。

この音響監督とは、ほかの作品で仕事をしたことがあった。

監督も同じく面識があるのだが、この場には来ていない。

「あの、監督さんはいらっしゃらないんですか？」

おずおずと手を挙げたのは、結衣《ゆい》だ。

主役とあって、監督に訊《き》きたいことがいろいろあるのかもしれない。

その質問に、助監督の日比野《ひびの》は明らかに「うっ」という表情を浮かべた。

気まずそうに視線を彷徨《さまよ》わせ、苦しそうに胸を押さえる。

「え、ええと……、あの、監督は、ちょっと、事情が、ありまして？　現場には、こ、来ないものと思ってください……」

「こ、来ない？　一度も、ですか？」

頓狂な声を上げたのは、千佳《ちか》だ。

その瞬間、日比野《ひびの》はさらに「ううっ」と苦しそうに呻《うめ》き、中川《なかがわ》はさっと目を逸《そ》らした。

「そ、そう、ですね、そう思って、頂いた、ほうが、いいかな、と……」

もうこれに関しては触れないでくださいお願いします許してください、とでも言いたげに、若干前かがみになる日比野《ひびの》助監督。

大丈夫なんだろうか。

心配になりつつも、訊《き》きたいことは訊《き》いておこう、と由美子《ゆみこ》も手を挙げた。

「監督が来ないなら、助監督にお聞きしたいんですが……。この作品って原作とは違う展開になるんですよね？　ストーリーはアニメオリジナルになるって聞いています。あとで、ざっくりでいいのでどんな展開になるか、教えてもらっても大丈夫ですか」

これも心配の種だった。

アニメオリジナルの展開になる、とは事前に聞いていた。

多少変わるくらいかな？　と思っていたが、どうやらがっつりとアニメオリジナルエピソードになるらしい。

『原作とは全く異なる、アニメオリジナルのストーリー！』と公式が銘打ったくらいだ。

つまり、原作本をどれだけ読み込もうが、それに沿った物語にはならない。

極端な話、コメディかシリアスかバトルかラブストーリーなのか……、ジャンルさえもわからないのだ。

「あ、そ、それわたしも気になってました！　教えてほしいです！　台本も一話しかもらってないし、資料も少なかったので……！」

結衣《ゆい》が手を挙げ、ぴょんこぴょんこと跳ねてアピールする。

一話以降、どういう展開になるのか全くわからない。

台本が届くタイミングは現場によってまちまちだし、ギリギリになって届くこともままある。

しかし、原作とは違うストーリー、台本もなし、資料も少ない、先が全くわからない、では不安でしょうがない。

だから、加賀崎《かがさき》から原作本を渡されても、「どこまで役に立つんだろう……」と不安に思いながら読んでいた。

こういうときは、制作陣に訊《き》いてしまうのが一番だ。

ほかのキャスト陣も同じ気持ちのようで、じっと助監督からの言葉を待った。

すると、彼女は途端に泣き出しそうになる。

胸に手をやって、おどおどと身を引いた。

「す、すみません、決まってないんです……。二話は脚本家の方と相談して、何とか今書いてもらってるんですが……、三話以降は全く……」

「き、決まってない？」

あまりにも予想外な言葉に、声がひっくり返ってしまう。

「さ、三話は来週アフレコですよね……？」

続けて、千佳《ちか》が呆然《ぼうぜん》とした表情で尋ねた。

周りも似たような顔をしている。

来週は三話どころか、四話まで録《と》るっていうのに。

それなのに、全く決まってない……？

「やば」

あまりにもひどい状況に、千佳《ちか》のボキャブラリーが普段と違うものになった。

「ううう っ」と日比野《ひびの》はどんどん縮こまる。

いたたまれなくなったのか、音響監督が完全に顔を逸《そ》らしていた。

「あ！　だから、監督さんは来てないんですか？　どこかで次の展開を頑張って考えてるとか！　それだけ大変なら、アフレコに来られないのも仕方ないですよね！」

結衣《ゆい》がぱんと手を合わせて、表情を明るくさせた。

なるほど。

アフレコを助監督に任せて、今もどこかでアイディアをひねり出しているのだろうか。

だが、日比野《ひびの》はさらに苦しそうな表情になった。

針のむしろです、と言わんばかりに辛《つら》そうにしている。

「し、失礼しますっ！　脚本家の柿崎《かきざき》です！　ちょちょちょっと、よろしいですかっ！」

ブースの扉を開けて入ってきたのは、大きな眼鏡を掛けた女性だった。

年齢は日比野《ひびの》と同じくらいだろうか。

Tシャツにジーンズというラフな格好で、手には紙の束が抱えられている。

血相を変えた突然の乱入者に、この場にいる全員が目を丸くした。

とりわけ助監督は顔を真っ青にしている。

「どどどど、どうしましたか、柿崎《かきざき》さん……！」

「ひ、日比野《ひびの》さん、い、一話のラスト、まずいんです……！　これ、二話とも原作とも設定の矛盾が発生しますし、これだとどん詰まりになります……っ！」

「え、ええっ、ど、どこですか……⁉」

物凄《ものすご》く不安になる言葉が聞こえてくる……。

ふたりがその場であわあわあわあわ……、とし始めたので、音響監督がこちらを見ながら焦《あせ》った表情になった。

「ちょ、ちょっとふたりとも……！　キャストさんの前でそんなことを……！」

「あっ！　そ、そうですよね、す、すみません、ちょっと出てきまーす……」

今更取り繕うような笑みを浮かべて、助監督と脚本家はこそこそとブースから出て行った。

その背中には哀愁と疲れが滲《にじ》み出《で》ている……。

音響監督もため息を吐《つ》き、ブース内は何とも言えない空気で満たされていた。

その中で声を上げたのは、結衣《ゆい》だ。

「展開が全く決まってなくて、助監督たちもにわからないなんて、すごくわくわくドキドキしますね！　どうなっていくのか、楽しみになってきました！　わたしたちも負けずに頑張りましょうね！」

にっこり笑って、元気よく彼女は言う。

暗くなりかけたブース内を、ぱあっと照らした。

この状況でそれだけ前向きなことを言ってくれると、こちらも元気が湧いてくる。

「ん、そだね。結衣《ゆい》ちゃんの言うとおり。楽しみにしてよう」

由美子《ゆみこ》がそう答えると、結衣《ゆい》の笑顔はより明るくなる。

そしてこそこそと助監督たちが帰ってきて、改めて挨拶が再開された。


「え、映像が……ない……。な、何もわからないんですけど……？」

愕然《がくぜん》とした様子で、結衣《ゆい》がモニターを見つめている。

バタバタした挨拶から始まり、演技指導を経て、いよいよ収録だ。

しかし、モニターに映し出されたのは、アニメーションとはとても言えない代物だった。

真っ白な画面に、キャラ名だけが表示されている。

わかるのはせいぜい、今、だれがしゃべっているか。

それのみ。

何が起こっているかは全くわからない。

上部のタイマーだけが、元気にくるくると動いていた。

「……むしろ、あの状況で作画が進んでいるわけないでしょう？」

結衣《ゆい》の隣に立った千佳《ちか》が、ぼそりと伝える。

すると、結衣《ゆい》はすぐに千佳《ちか》にくっつき、手で口を隠しながら囁《ささや》いた。

「でもでもっ。夕陽《ゆうひ》先輩、これじゃ難しすぎませんか？　何も見ないのとほとんど同じじゃないですか！」

「……作画がないこと自体は、そんなに珍しくもないから。そのうち慣れるわ」

彼女の言うとおりだ。

『幻影機兵《げんえいきへい》ファントム』のように、しっかりと作画を終えてからアフレコするほうがレアケースで、大体は未完成の映像が流れる。

作品によっては進むにつれて作画がどんどん減っていき、このように映像がほとんどないこともある。

とはいえ、第一話からこの状態はさすがに珍しいけれど。

しかし、結衣《ゆい》は千佳《ちか》の言葉にえらく感激したらしい。

キラキラした目を向けている。

「わ～……、夕陽《ゆうひ》先輩、ベテランって感じ！　格好いいですねぇ……」

「わたしも声優は三年目だから、あなたとそこまで変わらないのだけれど……」

「そうは見えないですよぅ。やっぱり劇団の経験があるからですかね？　格好いいなぁ。もっといろいろ教えてくださいよ～」

ぽやーっとした目で見てくる結衣《ゆい》から、千佳《ちか》は気まずそうに目を逸《そ》らした。

お腹《なか》すいた、と言っても格好いい～、と返ってきそうだ。

しかし、そんな雑談ができてしまうくらい、なかなか指示が来ない。

待ちぼうけだ。

「んー？　どうかしたんですかね？　こういうのもよくあるんですか？」

結衣《ゆい》が調整室に目を向けながら、今度はこちらに問いかけてくる。

「いや、なんかトラブってるのかも。なかなか始まんないね」

答えつつ、調整室を窺《うかが》う。

ガラス越しに見える部屋には、音響監督を始めとしたスタッフたちがいる。

声は聞こえないが、焦《あせ》った表情で何やら言い合っていた。

また何かあったのだろうか。

しばらく待ってようやく音響監督の指示が来たが、声が明らかにぐったりしていた。

『……すみません。ちょっと、トラブルで。一旦、休憩を挟んでもらっていいですか。準備ができ次第、すぐにお呼びしますので……』

彼の声の後ろでは、「え、結局こっちに来てないの!?」「いや、確認したはずですけど！」「いやいや、そうじゃなくてですね！」と切羽詰まった声が飛び交っていた。

つい、キャスト陣と顔を見合わせて苦笑いしてしまう。

まさか、始まる前に休憩とは。

この調子だと、いつ再開するかもわからない。

「あたしは飲み物でも買ってこようかなー……」

「わたしも……」

水は用意してあるけれど、ちょっと一服、とでも言おうか。

千佳《ちか》といっしょに、スタジオ奥にある自販機コーナーに向かった。

「いろいろと大変そうだなぁ……。随分と追い込まれているみたいだけど」

「そうね。でも、わたしたちに何かできるわけでもないから」

千佳《ちか》とぽつぽつ話しながら廊下を歩き、自販機コーナーに入っていく。

四角いスペースに、ちょっとしたベンチと自販機が並んでいる。

中にはだれもいない。

しかし、なぜか話し声が聞こえてきた。

「結局、監督は現場には来ないの？」

「来られませんって。監督、完全に心折られちゃって……。本当に可哀想《かわいそう》というか。僕らのせいでもあるんですけど、どう考えても貧乏くじですから。申し訳ないですよ」

「そりゃあなぁ……。あれだけ無茶ぶりされた挙句、全部引っ繰り返されたんだろ？　監督もそうだけど、スタッフも完全に貧乏くじだよな……」

男性ふたりの話し声だ。

どうやら、ここは喫煙所が併設されているらしい。奥に扉が見えていた。

この位置からは中が見えないが、そこから会話が漏れているのはわかる。

何やら気になることを話しているので、千佳《ちか》と顔を見合わせた。

自販機コーナーには入らず、耳をそばだてる。

片方の声は、先ほど挨拶した営業の男性だ。

「……もうひとりは、だれの声だろ」

「なんだか偉い人っぽいけれど」

顔をくっつけて、お互いに囁《ささや》く。

営業と偉い人とが、とても興味深い話をしているわけだ。

この現場がなぜここまでひどい状況なのか、理由がわかるのなら知りたい。

つい盗み聞きに徹してしまう。

「で？　俺はだれに怒りを抱けばいいの？　順調に進んでたのに、『全部作り直してください』って言い始めた原作者？」

不穏なワードが聞こえてくるが、営業の男性が慌てたような声を上げた。

「いや、あの人も被害者ですって！　それに、作り直せ、じゃないです。もう作らないでください、って頼んできたのに、編集が必死で『それは勘弁してくれ』って説得したんですよ。作り直すから放送させてくれって言ってるのは、むしろこっちで」

「あぁ、そうだっけ。まぁなあ。放送時期も決まってるのに、今更取りやめにできるわけないからな……。でも、被害者って……、そうだっけ？」

「前に説明したでしょうに……」

はぁ、とため息が聞こえてくる。

そのあと、いいですか、と疲れたような声が続いた。

「『マショナさん』は一巻しかストックがないでしょ。だから途中からオリジナル展開になるのは覚えてますよね？　で、監督はどうするかめちゃくちゃ悩んでたんですよ」

「あぁ。そりゃな。監督、元々ラブコメ畑の人だし。ん？　オリジナル展開って結局、ラブコメになる予定じゃなかった？」

「そうですよ。スポンサーの。ほら、あそこ。あの爺《じい》さんが言い出したから。『恋愛要素がないとヒットしないから、男を出したら？』って。で、男性の新キャラデザイン上がったでしょ」

その人の真似《まね》なのか、営業の男性がしゃがれた声を出す。

すると、偉い人はぎょっとした声を上げた。

「え。そうだっけ。まずくない？　あの作品って男出てこないじゃん。なのに、男のオリキャラと恋愛？　夢小説かなんかの話してる？」

「二次創作だったらよかったんですけどね！　でも、監督はそれに乗ったんですよ。そりゃ展開に迷ってるときにあそこの爺《じい》さんに言われたらね。乗るでしょ。ラブコメに持っていけるし、何より好きに作っていいですよ、って言われてるんだから。それで……」

気になる話は続いていく。

息を潜めて盗み聞きを続けていたが、そこに「せんぱ――――い！」という大音量が飛んできた。

突然後ろから呼びかけられ、ビクッとして振り向く。

すると、廊下の奥で結衣《ゆい》が手を振っていた。

「もうちょっとで再開するそうですよー！」

わざわざ呼びに来てくれたらしい。

その気遣いは大変ありがたいが、代わりに喫煙所は沈黙してしまった。

これ以上、ここから何かを聞くことは難しいようだ。

しかし、この作品には大きな問題があることを確信する。

「なーんかきなくさいな……。加賀崎《かがさき》さんたちに訊《き》けば、なにかわかるかな。あのふたり、いろいろ知ってそうな口ぶりだったよね」

「そうね。知っていると思うわ。成瀬さんも情報通だし、情報交換したとも言ってたしね……。終わったら訊《き》いてみましょう。ただ」

千佳《ちか》は言葉を区切る。

頭の隅にやるように小さくかぶりを振った。

「ひとまずは自分たちの仕事をしましょう」

それに頷《うなず》き、ブースに戻っていく。

ブースに入り、再びマイクの前に三人並ぶ。

台本を持って音響監督の指示を聴くが、それには思わず「えっ」と声を上げてしまった。

『……からスタートでお願いします』

指定されたシーンまで台本をめくる。

そこは第一話の山場、盛り上がるバトルシーンだった。

第一話のほとんど終盤である。

まだ役が摑《つか》めているかわからないのに、いきなり山場から録《と》るんだ……。

調整室を見ると、先ほどと変わらずスタッフたちが何かを言い合っている。

音は聞こえないが、いろんな人が出たり入ったり。

バタバタバタバタ、ガチャガチャガチャガチャ。

『今からアフレコなんですが⁉　あとにしてくれません⁉』

そんなふうに叫びたくなってしまう。

トラブルの気配が気になるが、集中集中、と言い聞かせた。

目の前のことに集中しなければ。

映像が流れ始める。

幸い、このシーンには本当に多少ではあるけれど、映像があった。

時折、キャラの顔が映っている。

まず、由美子《ゆみこ》がマイクの前で声を張った。

「あたしが試してやるよ、新入り！　お前がどこまであたしらを楽しませてくれるのか！　それ次第では、仲間に入れてやってもいいぜ⁉」

歌種《うたたね》やすみが演じるシールは、がさつで男勝り、口調も乱暴な女の子だ。

以前はほとんど演じたことのないキャラクターだったが、最近はこの手のキャラも徐々に掴《つか》めてきている。

いい調子だ、と自分では思った。

続いて、千佳《ちか》が声を吹き込む。

「そうねぇ～。遊び甲斐《がい》のある子だといいな、って思ってたの～。さぁさ、あなたはどっちかしら～？　本当に遊べる子～？　それともぉ～……」

おっとりした見た目としゃべり方で、お姉さんっぽいキャラクター。

それが夕暮夕陽《ゆうぐれゆうひ》の演じるクラリスだ。

横で聴きながら、上手《うま》いな……、と由美子《ゆみこ》は思う。

原作本で見たクラリスから想像できる、可愛《かわい》さと色気と、ちょっとした怖さを感じる声だ。

その表現力に舌を巻く。

この物語は、クラリスとシールが通う魔法学校に、転入、という形で高橋結衣《たかはしゆい》演じるマショナがやってくる。そこから物語が始まる。

しかし、原作と同じなのは、せいぜいここまで。

原作だと三人でキノコ採りに向かい、そこで友情を深めるのだが、このアニメでは三人で魔法バトルを始めてしまう、という展開だった。

箒《ほうき》で空を飛びながら、互いの魔法を撃ちあう。

そんな作画ができるのかは心配になるが、そこは由美子《ゆみこ》の考えることではない。

「……っ」

……いや。

それどころか。

そんな余計な考えなんて、一瞬で吹き飛んでしまった。

それほどの衝撃が、すぐ近くで起こったからだ。

結衣《ゆい》の、演技だ。

「――わかった。あなたたちが、そこまで言うのなら。見せましょう、わたしの魔法を。ケガをしても、文句を言わないでくださいよ――っ！」

――驚いた。

結衣《ゆい》が演じる声を聴いていると、自然と手に力が入る。

ざわざわと鳥肌が立つ。

思わず、隣の千佳《ちか》を見そうになった。

アフレコ中じゃなければ、きっと肩を掴《つか》んでいただろう。

それぐらい、結衣《ゆい》の演技は——。

——似ている。

抑揚の付け方、声の温度、ブレスのタイミング、演技の濃淡、驚くときのセリフのない声。

それら、すべてが。

似ている。似ている。

結衣《ゆい》の演技は、似ている。

だれに？

……夕暮夕陽《ゆうぐれゆうひ》にだ。

結衣《ゆい》の演技は——、まるで夕暮夕陽《ゆうぐれゆうひ》のコピーだった。

どうやら、元々声質は似ているらしい。

そのうえで演技の仕方がほとんど同じなものだから、そっくりそのまま模倣しているように感じられた。

「…………………………」

唾を飲み込むのを我慢し、結衣《ゆい》の演技に聞き入る。

以前、共演したときはこんな演技じゃなかった。
ちょい役だった、というのもあるが——、それほど印象に残らない演技だったのに。
こんな、演技をする子になっていたのか。
内心で動揺していても、アフレコは続いていく。
激しいバトルシーンに突入していく。
「おらぁっ！　避けてみろよ、新入りィ！　ファイアーボール！」
「これで死んだらごめんなさいねぇ……、アイスニードル！」
ここは、シール、クラリスの魔法をマショナが自身の魔法で消し飛ばすシーンだ。
由美子《ゆみこ》たちが叫んだあと、結衣《ゆい》が同じように叫び返す。
「これが、わたしだけが使える魔法——、ディスペル・ローズ————ッ！」
結衣《ゆい》の迫力のある叫び声を聴いて、ぶわっと嫌な汗が吹き出た。
もう少しで、口から声が漏れ出そうだった。
だって、この叫び方は知っている。
知っている……。
大野《おおの》だ。
大野麻里《おおのまり》の得意とする、シャウトによく似ていた。
少年漫画原作のアニメにも数多く出演する大野《おおの》は、叫ぶことが多い。

熱血系のキャラを演じるときや、必殺技を放つ際、彼女の叫び声はとても輝くし、それを待つファンも多い。

二代目プリティアなんて、女児向けアニメとは思えないほど格好よかった。

「あんなふうに格好よく叫べたら」と憧れる声優はたくさんいる。

そして、結衣《ゆい》の叫び方はそれによく似ていた。

さすがに大野《おおの》のクオリティには及ばないが、それでも新人が到達できる演技ではない。

夕暮夕陽《ゆうぐれゆうひ》の演技を真似《まね》しながら、大野《おおの》のような力強い叫び声を上げている。

こんな芸当は――、夕暮夕陽《ゆうぐれゆうひ》にだってできない。

「……っ。これでわかった？　わたしには、あなたたちの魔法は、届かない……」

息も絶え絶えに、疲れを滲《にじ》ませた声を結衣《ゆい》は発している。

震えた声で何度も詰まり、まるで全力疾走したかのような吐息を漏らす。

それは、どこか生っぽく、感覚に訴えてきた。

目立ってないのに印象的で、家で観《み》ていたら巻き戻したかもしれない。

「おっ」と思わせる、この演技もまた――、だれかの、真似《まね》なのだろうか。

「――――――」

息を呑《の》む。

ひとつの事実が頭の中に浮かび上がり、本能が必死に否定する。

冗談でしょ。
そんなわけがない、そんなはずない、そんなことあっていいわけがない！
心の中でそう喚《わめ》くものの、結衣の声は現実を叩《たた》きつけてくる。
結衣《ゆい》の演技は絶対に夕暮夕陽《ゆうぐれゆうひ》の真似《まね》なのに——。
——夕暮夕陽《ゆうぐれゆうひ》よりも、上手《うま》いのだ。
夕暮夕陽《ゆうぐれゆうひ》の演技をベースにしながらも、そこに技術を上乗せしている。
きっとほかの声優の真似《まね》だろう、プラスアルファがある。
既に、夕暮夕陽《ゆうぐれゆうひ》を超えている。
怖い。
さっきから寒気が止まらない。泣いてしまいそうだった。
演技に集中しなくちゃいけないのに、意識が持っていかれそうになる。
才能。天才。天賦の才。
嫌な言葉が、さっきから頭の中に響いている。
だって、夕暮夕陽《ゆうぐれゆうひ》は素晴らしい才能を持った声優なのに。
由美子《ゆみこ》が、心の底から憧れる声優なのに。
だというのに——、こうまであっさりと別の才能に追い抜かれてしまうのか。
模倣。真似《まね》。

優れた声優の演技を真似《まね》る、参考にするのは、だれもがやることだ。

けれど、結衣《ゆい》のそれは人並み外れている。

「…………」

さらにおぞましい想像をして、血の気が引いた。

気付いてしまったのだ。

もし、結衣《ゆい》に自分の演技を真似《まね》されることがあれば。

その瞬間、歌種《うたたね》やすみは高橋結衣《たかはしゆい》の下位互換になってしまうことに。


その日の収録は、何とか無事に終わった。

最後までバタバタしていたスタッフに挨拶し終えたあと、結衣《ゆい》が早速、千佳《ちか》に接触する。

「夕陽《ゆうひ》せんぱーい！　いっしょに帰りましょうよー！　やすやす先輩もいっしょに！」

犬だったら、尻尾がぶんぶん揺れていそうな懐きっぷりだ。

思わず、複雑な笑い方をしてしまう。

千佳《ちか》は、結衣《ゆい》の演技を目《ま》の当《あ》たりにしたとき――、呆然《ぼうぜん》としていた。

それも仕方がない。

目の前で、〝自分よりも上手《うま》い、自分の演技〟を見せつけられたら。

自分の演技を、他人がやっていたら。

自分の価値を壊しかねない相手。

それが夕暮夕陽《ゆうぐれゆうひ》にとっての高橋結衣《たかはしゆい》だ。

しかし、結衣《ゆい》はそのことに気付いていない。

いつもの無邪気な笑顔で千佳《ちか》にまとわりついている。

「あの、結衣《ゆい》ちゃん。訊《き》いていい？」

「はい？　なんですか、やすやす先輩っ」

話しかけると、普段どおりに応じてくれる。

彼女は、ここにいる先輩声優ふたりを叩《たた》きのめした自覚がない。

だからこそ、ここまで無邪気でいられるのだ。

「結衣《ゆい》ちゃんって、大野《おおの》さんと仕事したことある？」

結衣《ゆい》はきょとんとした顔になった。

しかし、すぐに笑顔に変わる。

「ありますよー！　大野《おおの》さん、格好いいですよねー！　一回アフレコがいっしょになったんですけど、ちょー格好よくて！　高橋《たかはし》もあんなふうに叫べるようになりたくて、参考にさせてもらってます！　でも、それがどうかしました？」

「あぁいや、なんとなく。ごめん、なんでもない」

千佳《ちか》がちらりと一瞥《いちべつ》し、結衣《ゆい》は小首を傾《かし》げた。

やはりそうか、と思う。

あれは意識的だ。

真似《まね》した結果があれなのだ。

結衣《ゆい》は——、どうしようもないほど、才能に溢《あふ》れている。

以前、大野《おおの》が結衣《ゆい》の名を出した理由がようやくわかった。

大野《おおの》は彼女の才能に触れ、千佳《ちか》の技術を吸い取った演技を聴き、つい確認したくなったのだろう。


とんでもない天才が出てきたけど、大丈夫か？　と。

こちらの気持ちを知る由《よし》もない結衣《ゆい》は、嬉《うれ》しそうに笑っている。

「あ、どうせならどこかでお話ししませんか？　お腹《なか》すきましたし、ご飯でも！　お茶でもいいですけど！」

「あぁ……、そうね……」

千佳《ちか》は胡乱《うろん》な目で結衣《ゆい》の言葉に応じている。

別に庇《かば》おうと思ったわけではないが、口を挟んだ。

「あ、ごめん結衣《ゆい》ちゃん。あたしらマネージャーに訊《き》かなきゃいけないことがあって。ごめんだけど、次でもいい？」

その言葉を千佳《ちか》にも向けると、彼女はようやく目の焦点がはっきりしてきた。

「あぁそうだった……。忘れていたわ。確かめないと」

そうだ。確かめないといけない。

結衣《ゆい》のことはもちろん大変ショックではあるのだが、それは一日保留だ。

この現場がなぜここまでドタバタしているのか、これから見通しがつくのか。

それは知っておきたい。

「あ、そうなんですかー……、残念です。みなさん、やっぱり忙しいんですねえ。では、今日の高橋《たかはし》はひとりで帰りますね！　また次のアフレコで！」

「ごめんねー。今度どっか寄ろう？」

「はーい！　約束ですからねー！　楽しみにしてます！　ではではー、お疲れ様でーす！」

彼女は元気いっぱいに挨拶したあと、スカジャンとスカートを揺らしながら、廊下を駆けていった。

その瞬間にため息を吐《つ》きそうになったが、我慢する。

切り替えなければ。

結衣《ゆい》には帰ってもらったのだから、考えないようにしないと。

結衣《ゆい》を見送ったあと、千佳《ちか》といっしょに加賀崎《かがさき》たちを探す。

マネージャーふたりは、ブースの外で何やら談笑していた。

「えー、意外です。加賀崎《かがさき》さんって、日常系のアニメが好きなんですか」

「ええ。何も考えずに観《み》られるタイプがいいですね。仕事から帰ったあと、それをぼうっと観《み》ながらお酒を飲むのが好きで。疲れていれば疲れているほど、身体《からだ》に効くというか」

「あー……、それはわかります。疲れていると、あーゆーのっていいですよねぇ……」

何やら社会人の辛《つら》い話が聞こえてくる……。

こちらに気付くと、

「あぁお疲れ」「お疲れ様です！」と口々に言ってくれた。

ふたりはそのままスタジオを出ていこうとするが、それを押《お》し留《とど》める。

「ちょっと訊《き》きたいんだけど」と伝えてから、辺りを見回した。

周りに聞こえないよう注意しながら、そっと尋ねる。

「この現場のことなんだけどさ。加賀崎《かがさき》さんなら、なんでここまでヤバいことになってるのか、知ってるんじゃないの？　前に探り入れるって言ってたし。どうなの？」

「成瀬《なるせ》さんも。もし知っているのなら、教えてほしいです。なぜひどい状況なのか、そしてそれが何とかなるものなのか。それを知っているか知らないかで、心持ちも変わってきますし」

由美子《ゆみこ》と千佳《ちか》の問いかけに、マネージャーのふたりは顔を見合わせた。

加賀崎《かがさき》は別の方向を見て、眉を軽く顰《ひそ》める。

成瀬《なるせ》は、困ったような顔で笑っていた。

加賀崎《かがさき》は目を逸《そ》らしたまま、息を吐く。

「知ってはいるがな。でもこれは、理由を知ったところで何か変わるわけでもないぞ。別に聞かなくてもいい話だと思うんだがな」

「そ、そうですよー。大人の事情が重なった結果、くらいに思ってくれれば。状況は、まぁ、たぶんよくならないので……。前にあるお仕事に集中して頂ければ……」

やはり把握しているらしい。

把握したうえで、大人ふたりは話したがらない。

成瀬《なるせ》の言うとおり、大人の事情らしきことは察している。

けれどやはり、何も知らないままでいるのは居心地が悪かった。

その理由も口にする。

「実はさ。さっきちょっと聞いちゃったんだよね。スタッフさんたちが内緒話してて。監督が心折れたー、とか、原作者が何か言ったせいでこうなったー、とか」

「スポンサーの意見のせい、とか。中途半端《ちゅうとはんぱ》に聞いてしまったので、より気になるというか。ここまで聞いたら、いっそ最後まで知ったほうが演技に集中できると思います」

生意気ながら、演技の質を盾にする。

というか、大人に駄々をこねてお願いする子供のようだ。

いかにも子供だましな脅し文句だったが、ふたりは付き合ってくれるらしい。

変わらず困ったような表情の成瀬《なるせ》に、加賀崎《かがさき》が「どうします？」と尋ねた。

「ん、んー……。確かに、気になることだとは思うので……。中途半端《ちゆうとはんぱ》な情報でもやもやするよりは、いっそ聞いてもらったほうがいいかもしれないですね」

「……ですね」

ふぅ、と加賀崎《かがさき》はため息を漏らす。

「しょうがないな。じゃあどこかで話すか」

「やった。加賀崎《かがさき》さん大好き」

「はいはい、調子のいい……。成瀬《なるせ》さん、どうします？　時間も時間ですし、晩ご飯を済ませながら話しますか？」

その提案に、成瀬《なるせ》は両手を合わせて微笑《ほほえ》んだ。

「あ、いいですね！　夕陽《ゆうひ》ちゃんと歌種《うたたね》さんも、それでいいですか？」

夕飯を食べるには、ちょうどいい時間帯だ。

特に異論はなく、由美子《ゆみこ》は頷《うなず》く。千佳《ちか》も同様だった。


いろんな兼ね合いの結果、「近くのお蕎麦屋《そばや》さんでいいか」という話になり、スタジオを出てそのまま店に直行する。

店内にあまりお客さんはおらず、空いていた隅のテーブルに座った。

千佳《ちか》と由美子《ゆみこ》が隣同士、向かいには成瀬《なるせ》と加賀崎《かがさき》。

由美子《ゆみこ》は鶏南蛮そば、加賀崎《かがさき》は海老天《えびてん》ざるそば、成瀬《なるせ》はなめこおろしそば、と注文していく中、千佳《ちか》がとろろざるそばを選んだものだから、由美子《ゆみこ》は「えっ」と声を出してしまう。

「なに」

「いや、渡辺《わたなべ》。そばでいいの。カレーとかカツ丼とか親子丼とかあるけど」

「あなた、うちのお母さんみたいなこと言うのね……。そばでいいわよ。そんなにお腹《なか》減ってないし」

「あぁそう……？」

そばでいいなら、いいけど。

注文したあと、温かいお茶を飲んで全員で一息。

そうしてから、加賀崎《かがさき》が頭を掻《か》いた。

「どこから話したもんかな……」

そう言って迷っていたものの、話す準備が整うのは早かった。

よどみなく言葉を並べていく。

「まず、オーディションを受けてもらう前は、あそこまでひどい状況だとは思ってなかったんだ。オーディションからアフレコまで間がないとは思ったが、それくらいで。でも、スケジュールが出て『あぁこれはまずいやつだ』となってからは、こっちで探りを入れた」

由美子《ゆみこ》も頷《うなず》く。

それは『マショナさん』に受かった話を聞いたとき、いっしょに伝えられた。

週に二回のアフレコ予定に、やけに少ない資料。届かない台本。

不安になる状況を前に、ちょっと調べてみる、と加賀崎《かがさき》は口にしていた。

「わたしも似たような感じですね。なんだか不穏な空気だったので、伝手《つて》を使って調べてみて。そのあと、わかったことを加賀崎《かがさき》さんと情報交換して、状況は大体把握できた感じです」

普段は頼りない成瀬《なるせ》も、仕事の話ではハキハキしていた。

裏営業疑惑のあと、こんなふうに四人で作戦会議したなぁ……、と懐《なつ》かしみながら、ふたりの話に耳を傾ける。

「あんなふうになったのは、理由があるんです。まず、『マショナさん』は出版社が物凄《ものすご》く推している作品で、とにもかくにもアニメ化をしたがっていた。そのために、連載当初からアニメ制作会社に売り込みしてたんです」

「アニメ化どうですかーってな。だからあの作品は、制作会社からオファーがあって作ったわけじゃないんだ。人気があって、待望のアニメ化ってわけじゃないんだ。まぁでも、それ自体はよくある話だよな」

千佳《ちか》とともに頷《うなず》く。

　漫画、小説の中で一番のプロモーションは、やはり映像化だ。

　そうするために、出版社が躍起になることはそれほど珍しくない。

「厳しい条件でしたが、今の制作会社がアニメ化を引き受けました。低予算のとにかく速度重視なので、クオリティの高いアニメにならないことはこの時点でわかっていました。でも、それでいいんです。出版社が欲しいのは『アニメ化決定！』の文句だけですから」

「そこまではよかった」

「お待たせしました」

　加賀崎《かがさき》が言うのと、店員さんが現れるのは同時だった。

　とんとん、とテーブルに料理を並べていく。

　各々《おのおの》、適度にそばを食べる準備をしながらも、話は続く。

「あ、夕陽《ゆうひ》ちゃん、七味取って？　ありがとう。ええと、それでですね、とにかく急いでスタッフが動員されました。ですが、監督はこういったファンタジー作品に縁がない人だそうで。主戦場はラブコメだったみたいです」

「あ、なるさん。あたしも七味欲しいです。それと、聞こえてきたのはその話だわ」

　受け取った七味をふりかけながら、喫煙所から聞こえてきた話を伝える。

　監督がスポンサーの意向で、ラブコメに持っていこうとしたこと。

　オリジナルの男性キャラを出し、マショナと恋愛する展開にしたこと。

原作のストックがないので、オリジナル展開にせざるを得なかったこと。

「それで原作者の先生が……、怒っちゃったんだっけ？」

由美子《ゆみこ》の問いに、加賀崎《かがさき》は「違う違う」と手を振る。

割り箸をパキリと割りながら、ため息を吐《つ》いた。

「怒ったわけじゃなくて……。なんというか、我慢の限界を超えた、というか。怒ったって言い方は、あまり適切じゃなくてな……」

気まずそうな目を虚空《こくう》に向けてから、加賀崎《かがさき》はそこで一度、そばを啜《すす》った。

そばをつゆにちょんとつけて、スルルッと。

そば啜《すす》るの、似合うなこの人。

「元々、原作者さんは改変を許容していたそうです。担当さんが『重要なのは、この速度でアニメ化すること。アニメの出来や改変には目を瞑《つぶ》ってほしい』と伝えていたので。原作者さんもそれに納得して、すべて制作会社に任せていたんですが……、ちょっとした行き違いがあったんです」

ちゅるちゅるとそばを啜《すす》ったあと、成瀬《なるせ》がそう続けた。

よくあることですが、と前置きしてから、続きを口にする。

「目を瞑《つぶ》ると言いつつ、原作者さんは監修を任されていたそうです。だから最悪、おかしな方向に向かっても反対できる、と思ったのかもしれません。ですがひとつ、伝達ミスがありました。アニメオリジナルの男性キャラが登場するのは、おふたりも聞いたとおりですが」

「その男性キャラが監修される前に、公式からアナウンスされてしまったんだ。『このキャラクターは一体⁉』という見出しで、紹介された。原作者は何も知らないまま、ネットでそれを見てしまったらしくてな」

「それは……、まずい、ですね」

千佳《ちか》が渋い顔で目を瞬《しばた》かせる。

聞くだけで、なかなか寒気のする展開だ。

実際、成瀬《なるせ》は軽く腕を擦《さす》っている。

「原作者さんは、そこで初めて恋愛要素があることも知ったみたいで……。今まで我慢していた部分も多かったんでしょう。それが、この件で一気に噴き出した。ここまで作品を壊すんだったら、もうアニメなんて作らないでください、と泣きついたらしくて」

それは仕方がない……。

ただのファンでも、あまりにひどい映像化だと「もうやめて！」と叫びたくなる。

それが自分の作品だったら、きっと比較できないほど大きな悲鳴になるのではないか。

「でも、そういうわけにはいかないよな。ここまで来て、アニメ化中止はあり得ない。そこで編集者が原作者を何とか説得した結果、これを守ればアニメを作ってもいい、という条件を出させた」

そこで加賀崎《かがさき》が指を立てる。

「途中からオリジナル展開にするのではなく、最初から。完全な別作品にするならば、アニメを作ってもいい。ただし、恋愛要素だけは入れてくれるな、と」

恋愛要素なしの、完全な別作品。

それならまだ受け入れられる、ということだろうか。

しかし、そうなると大きな問題が出てくる。

成瀬《なるせ》は温かいつゆを一口飲んでから、ゆっくり頷《うなず》く。

「アニメ制作は続行できます。しかし、順調に進んでいた作業がすべて白紙に戻ってしまいました。そのうえ、監督もこれには相当なダメージを受けたようで、制作に関われなくなったそうです。その結果、助監督が残りの仕事を請け負うことになりました」

「ただでさえ、時間も予算も足りない中で、最初からやり直し。監督は不在、脚本はオリジナルを要求されている。現場の人間からすれば、地獄絵図だよ。だからあんなにも、現場が切迫しているんだ」

「そういうことだったんだ……」

納得する。

いくら何でも、第一話からあの状況はひどすぎだ。

しかし、そこまで問題が山積みならば、あの現場の混乱はむしろ必然だと思えた。

「夕陽《ゆうひ》ちゃんたちにオファーがあったのは、この件が深く関わっていまして。限られた予算内で使いやすく、別の方法での集客を見込んでいるからです」

「制作に時間も予算も、もうかけられない。だから安く使える新人の由美子《ゆみこ》たちに、アニメ以外のところで盛り上げてもらおうとしているんだ」

毎週の特番が、まさにそうだ。

できるだけ告知してくれ、と言っていた理由も同じ。

アニメの出来はもうどうしようもないから、残った手札でどうにか集客しようとしている。

すべては、様々なすれ違いから生まれた、辛《つら》い悲劇が原因らしい。

加賀崎《かがさき》は最後のそばを啜《すす》り、両手を合わせた。

蕎麦湯《そばゆ》をつゆに入れながら、話を締めくくる。

「現場はひっ迫しているが、やむにやまれぬ事情だ。制作陣は、限られた時間と予算で何とかいいものを作ろうとしている。不都合はあるだろうが、由美子《ゆみこ》たちも限られた時間で何とか応えてくれ。別に、意地悪や怠慢で遅れてるわけじゃなく、これはみんなが一生懸命仕事をした結果だから」

そこで蕎麦湯《そばゆ》をずず、と飲む。

成瀬《なるせ》はまだチミチミとそばを啜《すす》っていたが、そこで困った顔になった。

「そうなんですよね……。みなさんが頑張った結果、こうなっただけで。だれも悪くないんです。ただ、こういうしわ寄せの辿《たど》り着《つ》く先って、やっぱり現場なんですよねぇ……」

しみじみと彼女は言う。

台本が来ないどころか、展開すらも決まってないのはどうかと思う。

これからも、まだまだ問題は出てきそうだ。

とはいえ、その理由を知ることができたのはやっぱり大きかった。

「頑張るよ、もちろん。みんなが一生懸命だっていうなら、余計やる気が出るしさ。あたしも負けないくらい、一生懸命やるよ」

それは嘘偽《うそいつわ》りのない本音だ。

全員が精いっぱい頑張ったものの、すれ違ってこうなっただけ。

大変な現場ではあるけれど、やる気は出る。

しかし。

「…………」

千佳《ちか》を見ると、成瀬《なるせ》よりも遅いペースでそばを啜《すす》っていた。

時折言葉を挟んでいるとはいえ、千佳《ちか》の口数は少ない。

その原因はわかる。

考えないようにしていても、彼女の頭の中でいっぱいになっているはずだ。

自分たちの隣には、化け物みたいな天才がいる。

その天才の話は――、とても、口に出せなかった。
加賀崎《かがさき》も成瀬《なるせ》も、不自然なくらい触れようとしなかった。

話は終わり、そばを食べ終え、店の前で解散となる。

帰る方向が違うため、成瀬《なるせ》と加賀崎《かがさき》とはここで別れることになった。

お疲れ様でした、と加賀崎《かがさき》たちに背を向ける。

「夕陽《ゆうひ》ちゃんっ」

そこで、成瀬《なるせ》が声を掛けた。

振り向くと、少し離れた場所で成瀬《なるせ》が心配そうな表情をしている。

成瀬《なるせ》は躊躇《ためら》いながらも、口を開いた。

「高橋《たかはし》さんの演技、聴いたからだよね」

千佳《ちか》が目を見開く。

由美子《ゆみこ》は、唇をきゅっと引き締めた。

体温が一気に下がっていくのがわかる。

成瀬《なるせ》は手をぎゅっと握り、不安そうな顔で続けた。

「夕陽《ゆうひ》ちゃんが気にするのもわかるよ。高橋《たかはし》さんは……、夕陽《ゆうひ》ちゃんの演技を真似《まね》してる。それも猿真似《さるまね》じゃない。高橋《たかはし》さんは、上手《うま》い。上手《うま》いよ。でも、それは気にしすぎちゃダメ。夕《ゆう》陽《ひ》ちゃんは、夕陽《ゆうひ》ちゃんの良さがあるから。ね？」

千《ち》佳《か》の表情は、見られなかった。

成瀬《なるせ》の気持ちはわかる。

千佳《ちか》は今、深い闇に囚《とら》われている。

何も伝えず、帰らせるわけにはいかない。

そう思ったのだろう。

でも、そのやさしさに包まれた言葉は。

むしろ、千佳《ちか》の心を深く抉《えぐ》ってしまうのではないだろうか。

「だから、気負わないで。自分のペースでしっかりやっていこう？　夕陽《ゆうひ》ちゃんは、大丈夫だから」

正しい。

成瀬《なるせ》の言葉は正しい。

落ち込む千佳《ちか》を励ましている。

落ち込むことじゃない、と伝えている。

でもきっと、そんな言葉は届かないのだ。

その不安定さに手を引かれるように、思わず千佳《ちか》を見てしまう。

「…………っ」

千佳《ちか》は何も答えないまま、唇を強く噛《か》んでいた。

拳が嫌というほど握りしめられている。

そして、心から苦しそうに、成瀬《なるせ》に問いかけた。

「……なら、成瀬《なるせ》さん。正直に、答えてください。もし今、わたしと高橋《たかはし》さんが『幻影機兵《げんえいきへい》ファントム』のオーディションを受けたとしたら。今でも、わたしが選ばれると思いますか」

「それ、は……」

成瀬《なるせ》が言葉に詰まった。

それは、どう答えても、絶対に千佳《ちか》を傷付ける質問だったからだ。

本当のことを言っても。

気を遣って嘘《うそ》をついても。

千佳《ちか》もわかって訊《き》いている。

ほとんど自傷じみた行為だった。

成瀬《なるせ》も励ましてはいても、奥底では理解しているのだ。

今の夕暮夕陽《ゆうぐれゆうひ》では、高橋結衣《たかはしゆい》に太刀打ちできない。

「…………」

千佳《ちか》は逃げるように成瀬《なるせ》に背を向けた。

そのまま立ち去っていく。
成瀬《なるせ》はその背中に声を掛けることなく、しゅん、と肩を落としていた。
加賀崎《かがさき》も腕を組んで、目を瞑《つぶ》ったまま動かない。
由美子《ゆみこ》は手にぐっと力を込めて、千佳《ちか》を追いかけた。
すぐに追いついて隣に並んだが、千佳《ちか》はこちらを全く見ない。
渡辺《わたなべ》、と声を掛けようとして、言葉に詰まった。
……何を、言えばいいんだ。
もし自分が彼女の立場だったら、何を言われてもきっと響かない。
それどころか、苛立《いらだ》ちすら覚えるかもしれない。
しかし、駅で千佳《ちか》が別のホームに向かうと、さすがに声が出た。
「ちょっと、渡辺《わたなべ》。あんたの家、そっちの電車じゃないでしょ。どこ行くの」
千佳《ちか》は返事をしない。
顔を伏せたまま歩いていく。
千佳《ちか》の家も、由美子《ゆみこ》の家も、別の路線だ。
どこに行こうというのか。
時間帯を考えると、寄り道せずに帰るべきだ。
学生がうろついていい時間じゃなくなる。

けれど千佳《ちか》は、お構いなしに駅の構内を進んでいった。

「渡辺《わたなべ》。ねぇ、渡辺《わたなべ》。ダメだよ、帰ろうよ」

「うるさい。ついてこないで」

ようやく口を開いたかと思えば、ぴしゃりと拒絶された。

普段ならむっとくるところだが、そんな力のない声で言われては腹も立たない。

がらんとしたホームに辿《たど》り着《つ》く。

人の姿はほとんどなく、電車も来ていない。

どこか寒々しい風が吹き抜ける中、千佳《ちか》はホームの椅子に腰掛けた。

電車の行き先を見ても、どこを目指しているのかわからない。

「…………」

仕方なく、千佳《ちか》の隣に座った。

彼女は何も言わない。

顔を伏せて、じっとしている。

由美子《ゆみこ》も何を言っていいかわからず、ただ隣に座ることしかできなかった。

「佐藤《さとう》。わたしね」

ぽつりと呟《つぶや》くように、千佳《ちか》は口を開く。

こちらに顔は向けず、虚空《こくう》に投げかけるようだったが、それでも黙っているよりはよっぽどよかった。

「わたしはオーディション、ふたり受けたの。クラリスと、マショナ」

主人公役と、友人役。

……いや。違和感はあった。

マショナは普段は物静かで、だけど熱い心を持ち合わせているキャラクターだ。

それは元々、夕暮夕陽《ゆうぐれゆうひ》が得意としているタイプのキャラなのだ。

ファントムのサクラバだって、まさに彼女が得意とするところ。

なのに、主人公役は夕暮夕陽《ゆうぐれゆうひ》ではなく、高橋結衣《たかはしゆい》に回ってしまった。

「わたしより、高橋《たかはし》さんのほうが主人公に相応《ふさわ》しい。そう思われたからこそ、わたしはクラリス、彼女はマショナに選ばれた」

あぁ、と息を吐く。

コーコーセーラジオに結衣《ゆい》がゲストで来たとき、千佳《ちか》は少しだけぎこちなかった。

このことについて、考えていたのかもしれない。

自分が得意だと自負するキャラを、後輩に取られてしまったら。

思うところがあっても、仕方がない。

だが。

「……でも、キャストは単純に合う合わないだけで決まるわけじゃないでしょ。主人公だったら、なおさら。ほかのキャラとの兼ね合いとか……。それに今回は、現場も特殊だし……」

そう指摘せずにはいられなかった。

間違ったことを言っているわけではない。

スポンサーなどの外部の影響があるように、政治的な理由でキャストが決まるのはよくあることだ。

だから一概に、千佳《ちか》よりも結衣《ゆい》が優れている、とは言えない。

しかし、千佳《ちか》はそこで初めて顔を上げた。

こちらの目をまっすぐに見る。

「あの子の演技をそばで聴いた。それでもまだ、わたしのほうが主人公に相応《ふさわ》しいって。本当に言える？」

「…………………………」

言えない。

……言えないのだ。

由美子《ゆみこ》は夕暮夕陽《ゆうぐれゆうひ》を心から尊敬しているし、彼女の声や演技が大好きだ。

けれどそれでも、結衣《ゆい》のほうが上手《うま》い、と断言できる。

由美子《ゆみこ》の沈黙で悟ったのだろう、千佳《ちか》は再び俯《うつむ》いた。

彼女は下を向いたまま、ぼそりと呟《つぶや》く。

「最近、高橋《たかはし》さんのマネージャーと成瀬《なるせ》さんが話して、わかったのだけれど。わたしがオーディションを受けた役で、わたしじゃなくて高橋《たかはし》さんが受かった役が、ほかにもあるそうなの」

「…………そう、なんだ」

どう返答していいか、わからなくなる。

もちろん、結衣《ゆい》もマネージャーも、「夕暮夕陽《ゆうぐれゆうひ》から役を奪ってやろう」と思ってやったことではないだろう。

事務所は同じと言えど、ブルークラウンほど大きな事務所が、いちいちオーディションの情報共有をしているとは思えない。

これは単に、千佳《ちか》が結衣《ゆい》に競《せ》り負《ま》けただけ。

夕暮夕陽《ゆうぐれゆうひ》より高橋結衣《たかはしゆい》が選ばれた、という残酷な事実だけが残る。

それに呆然《ぼうぜん》としていると、ゆっくりと電車がやってきた。

千佳《ちか》は躊躇《ためら》いなく、目の前の電車に乗り込んでしまう。

乗客の少ない、がらんとした車内に吸い込まれていった。

彼女がどこに行こうとしているのか、今でもわからない。

きっと訊《き》いても教えてくれないし、止めたところで聞きもしない。

「あぁもう……」

ため息を吐《つ》いてから、由美子《ゆみこ》もその電車に乗り込む。

既に着席していた千佳《ちか》は目を見開いたが、口を開くことはなかった。

その隣に、黙って座る。

がたんがたん。がたんがたん。

電車の音だけが響き、窓の外は建物の光がぼんやり流れていく。

千佳《ちか》は下を向いたままで、その景色すら見ていない。

『……なら、成瀬《なるせ》さん。正直に、答えてください。もし今、わたしと高橋《たかはし》さんが『幻影機兵《げんえいきへい》ファントム』のオーディションを受けたとしたら。今でも、わたしが選ばれると思いますか』

『それ、は……』

成瀬《なるせ》とのやりとりを思い出し、唇を噛《か》む。

千佳《ちか》は、神代《かみしろ》アニメに出ることを何よりの目標にしていた。

そのために相当な努力をしたはずだ。

ベテラン声優たちを退け、彼女は主人公サクラバ役を勝ち取った。

だけどそれも、結衣《ゆい》があの場にいなかったから。

それを千佳《ちか》は、一番の理解者に確認してしまった。

「早すぎるよ……」

電車の音に紛れる声量で、由美子《ゆみこ》は呟《つぶや》く。

理解はしている。

声優業界は椅子取りゲームだ。

今までは上を見ていればよくても、時が経《た》つにつれ、新人が自分たちの地位を脅《おびや》かす。

自覚がないだけで、自分もそうやって他人の椅子を奪い取ってきたはずだ。

こうなるときが来るのは、覚悟していた。

だけど、早すぎではないか。

千佳《ちか》は役者としては五年目でも、声優としては三年目。

後輩に脅《おびや》かされるには、あまりに早い……。

何より、そんな姿は見たくなかった。

自分の憧れの存在が、こうもあっさりと負けてしまう姿は。


「なんでこんな駅で……」

千佳《ちか》が電車から降りたのは、由美子《ゆみこ》には馴染《なじ》みのない駅だった。

駅に人影はなく、時間が遅いこともあって心細くなる。

千佳《ちか》は何も言ってくれないから、なおさらだ。

こぢんまりとした駅から出ると、強い風が髪を揺らした。

「海……？」

駅の外にあまり街灯はなく、見える景色は黒ずんでいる。

しかし、わずかな光と潮の香りで、海の近くにいるとわかった。

ざざんざざん、と静かな波の音も聞こえる。

黒い海はそれなりに不気味だったが、千佳《ちか》は吸い寄せられるように海に近付いていった。

海沿いにも人の姿はない。

怖くなりつつ、千佳《ちか》の後ろをついていく。

「ねぇ、渡辺《わたなべ》。なんで海……？　ここに何かあるわけ？　それとも、なんかこう、叫びに来たとか？　バカヤロー、みたいな……」

不安になって口数多く尋ねても、千佳《ちか》は答えてくれない。

ただ黙々と歩いている。

けれど、由美子《ゆみこ》は自分で言っていてこれが正解ではないか、と思い始めていた。

海に向かって思い切り叫べば、多少はすっきりするかもしれない。

もしくは、海を眺めて黄昏《たそが》れるとか。

それはそれで、気持ちが落ち着くのではないか。

何にせよ、部屋で思い詰めているよりは、よっぽどいい。

「ん？　渡辺《わたなべ》……？　ちょっと、危ないよっ」

海に向かって、長方形に伸びる防波堤。

千佳《ちか》はそこに足を踏み入れ、ふらふらと歩いていた。

防波堤の一番先に灯台が見えるが、防波堤自体に明かりはない。

下手をすれば海に落ちかねない。

しかし、由美子《ゆみこ》の言葉がまるで聞こえていないかのように、彼女は歩みを止めなかった。

おそるおそるついていくと、防波堤の先端まで辿《たど》り着《つ》く。

ここで叫ぶのだろうか。

由美子《ゆみこ》が黙って彼女の行動を見守っていると、千佳《ちか》はまず、鞄《かばん》を地面に置いた。

そして、そこから予想外の行動に出る。

突然、海に向かって全速力で駆け出したのだ。

「え……っ、ちょ、渡辺《わたなべ》……っ！」

彼女は運動が得意ではない。

けれど、その走りが全力であることはわかる。

でも、こんな場所で走るだなんて、危ないじゃないか。

海に落ちたらどうするんだ——、と注意しようとして。

千佳《ちか》は、
最先端まで全力で駆け抜けたあと、
そのまま、海に飛び込んだ——。

「──渡辺《わたなべ》っ⁉」

防波堤から海に跳躍する千佳《ちか》が、あまりにも現実感がなくて。

目を疑っている間に、どぼん、と大きな水音が聞こえてきた。

千佳《ちか》が、海に落ちた。

サーッと血の気が引く。そのまま気を失いそうになった。

真っ白になった頭で、「わ、わたなべ、ばか、あ、わたなべっ！」とめちゃくちゃに叫びながら、自身も先端まで走り、その場で膝をつく。

そこには、黒い海が波の音を立てるばかり。

「わたなべ、わたなべ、わたなべぇっ！」

海の中に消えた彼女からは、返事がない。

──あいつ、泳げないんじゃないの⁉

頭の中でいろんな考えがグルグル回り、ハッハと息が荒くなる。

心臓が痛いくらいにバクバクと音を立て、胸を押さえても呼吸はどんどん浅くなった。

全身に焦《あせ》りが駆け巡っていく。

「渡辺《わたなべ》──っ！」

気が付くと、由美子《ゆみこ》も海の中に飛び込んでいた。

どぼん、と水音が聞こえたが、すぐにぼやける。

暗く、深い海の中に吸い込まれていく。

全身が一気に冷たくなり、服が水を吸ってぐっと重くなった。

飛び込んだ痛みを感じながらも、由美子《ゆみこ》は海面に顔を出す。

「ぷはっ！　渡辺《わたなべ》っ！　渡辺《わたなべ》、渡辺《わたなべ》ぇ！　どこ！　どこなの！　返事して、渡辺《わたなべ》っ！」

必死に声を荒らげるが、虚《むな》しく響くばかり。

灯台から漏れた光しか明かりはなく、それは海の中までは照らしてくれない。

千佳《ちか》がどこにいるかわからない。

どうしようどうしよう――、と焦《あせ》っていると、少し離れた先で、ばしゃん、と音が聞こえた。

「ぷはっ」

「渡辺《わたなべ》っ……！」

千佳《ちか》はこちらに背を向けた状態で、海面から顔を出した。

無事だ。とにかく、彼女の姿は確認できた。

全身の力が抜けそうになるくらい、安堵《あんど》を覚える。

とにかくこの状況を説明してもらおうと、彼女に近付こうとしたが――。

千佳《ちか》は上を向いた。

大きく口を開ける。

そして――、月に向かって、吠《ほ》えた。

「うああああああああああああああああああああああああああっ！」

獣じみた、雄たけび。

絶叫。

力いっぱいの叫び声に、どんな感情が詰まっているか、嫌というほどわかってしまう。

千佳《ちか》が今、どんな気持ちでいるのか、その叫び声を通して伝わってくる。

「渡辺《わたなべ》……っ」

悔しくて悔しくて、どうしようもなく悔しくて。

腹の中でぐつぐつと煮え立ち、どんどん膨らみ、身体《からだ》が内から破裂するんじゃないか、と思うほどに異様な熱を持つ激情。

悔しい、情けない、悔しい、自分に腹が立つ、悲しい、悔しい悔しい悔しい悔しい悔しい！

どうにもならなくなった感情に蓋ができず、今、こうして叫んでいる。

なぜか、涙が出た。

海水にまみれた顔に、熱い涙が落ちていく。

夜の海でひとり、月に向かって吠《ほ》える彼女は、やはり夕暮夕陽《ゆうぐれゆうひ》なのだ。

由美子《ゆみこ》が憧れた、追いつきたいと願った、バカみたいにまっすぐで、気高い少女。

そんな彼女の姿を見て、涙がポロポロとこぼれる。

だけど、このままじゃいけない。

「渡辺《わたなべ》……、風邪引くし、危ないから。あがろうよ」

彼女のそばに寄り、声を掛ける。

千佳《ちか》は叫んだあと、再び俯《うつむ》いてしまっていた。

「わたな……」

千佳《ちか》の名前を呼ぼうとすると、彼女は振り返り、こちらの両腕を摑《つか》んできた。

変わらず俯《うつむ》いたままだが、ギリ、と歯を食いしばる音がする。

呻《うめ》くように、口を開いた。

「悔しい……、悔しい……！　ファントムは！　サクラバは……っ！　わたしの、誇りなのに……っ！　このままじゃわたしは……っ、たまたまタイミングが合っただけ、運がいいだけの声優になる……っ！」

苦しそうに、心から辛《つら》そうに彼女は訴える。

摑《つか》まれた腕が痛い。

それほどまでに、千佳《ちか》の手には強い想《おも》いがこもっていた。

どの声優にだって、自分にとって特別なキャラクターはいる。

由美子《ゆみこ》にとって『プラスチックガールズ』のマリーゴールドがそうであるように、千佳《ちか》にとってサクラバは特別なのだ。

それはもう、自分の半身みたいなもので。

本当に本当に、大切なもので。

自分にしか演じられない、という自負があるのに。

それを、否定されてしまったら。

彼女がここまで取り乱すのも、頷《うなず》けてしまう。

「それに、わたしは……、わたしは……っ」

そこで、千佳《ちか》はやっと顔を上げた。

濡《ぬ》れて顔に張り付く髪、ずぶ濡《ぬ》れになった身体《からだ》。

ひどい有様《ありさま》だ。

それでも、目は死んでいなくて。

その奥に残る光は、確実に由美子《ゆみこ》を見ていて。

こんなにもひどい状況なのに、「あぁ綺麗《きれい》だな」なんて思ってしまった。

そして、腕を掴《つか》む手に、さらに力が込められる。

千佳《ちか》はこちらをぐっと見上げ、荒い息で想《おも》いを吐露した。

「わたしは……っ！　あなたにだけは、絶対に追い抜かれたくないけれど……っ！　それと同じくらい……、追い抜かれるのならあなたがいいのよ……っ！」

どん、とこちらの胸に額を当てて、呻《うめ》くように続ける。

「あなただけしか……、前に行かせたくない……っ！」

矛盾しているようで、そうでない彼女の願い。

こいつにだけは負けたくない。追い抜かれたくない。

その思いは決して偽りではなく、これ以上ない本音だけれど、それと同時に、「抜かれるのなら、負けるのなら、こいつがいい」という思い。

相手を認めているからこそ、そんな思いを同じように抱えている。

だけど、自分たちの前には結衣《ゆい》が現れてしまった。

ふたりで争っている世界に、彼女がふらりと前に出てきてしまった。

「渡辺《わたなべ》……」

彼女はこちらに額を当てたまま、黙り込んでしまう。

なんと言ってやるべきなのか、由美子《ゆみこ》にはわからなかった。

「ぐっ……、ぐ……っ」

くぐもった声だけが、耳に伝わる。

押し殺したような、震えた声。

泣いているのだろうか。

感情の行き場がなくなり、それが涙に変わっているのかもしれない。

ならば、力いっぱい泣かせてあげたほうがいいんじゃないか――、と彼女の肩に手を回そうとした瞬間、耳が壊れた。

「うああああああああああああああああああああああああっ！」

「────────!?」

千佳《ちか》は再び、月に向かって雄たけびを上げた。

由美子《ゆみこ》のすぐそばで。

ぶっ飛んだ声量に、耳がキーンとなる。

頭がくらくらするほどの、大音量。

目の前で吠《ほ》えやがったこいつ。

「ばかばかばか！　やかましいっ！　壊れたサイレンかよ！」

「いった！」

思わず、反射的に頭突きをして止める。

千佳《ちか》は額を擦《さす》りながら、不満そうに文句をぶつけてきた。

「なぜ邪魔をするのよ……！　わたしは今、前に進むため、発奮するため、己の感情を吐き出すために叫んでいるのに！」

「目の前に人がいるのにやるなっつーの！　この距離で叫ばれたら耳おかしくなるわ！　そりゃあんたは常におひとり様だから、声が届く距離なんてわからないんだろうけど！」

「出たわ。あなたのそういうところ、本当に嫌い。そもそも、あなたが勝手についてきたんでしょうに！　それなのに文句を言うなんて、随分クレーマーも板についてきたわね！」

「あ！　あー、言ったな！　人が心配して、わざわざついてきてあげたっていうのに！」

「あらあら、いつもの恩着せムーブ？　独りよがりの親切心を人にぶつけて、それで見返りを求めるなんて性質《たち》の悪さに拍車がかかってきたわね！」

「こいつ……！」

ぷかぷかと海に浮かびながら、いつもの口喧嘩《くちげんか》を繰り広げるのだった。


「あぁもう……、しんどい……」

幸い、海から陸に上がるのは難しくなく、無事に戻ってこられた。

しかし、どっと疲労感を覚える。

髪から服から、びちゃびちゃと水が滴《したた》り落《お》ちて、地面に広がっていた。

身体《からだ》が重いせいか、気持ちが沈んでいるせいか、自然と猫背になってしまう。

「もー……、これどうすんのー……、明日学校なのにさぁ……」

全身ずぶ濡《ぬ》れ、時刻は夜遅く。

だれかに見つかったら、一発で通報されそうな状況だ。

「ふー……」

千佳《ちか》が妙にすっきりした顔で、同じように陸に戻ってきた。

由美子《ゆみこ》と同じく、制服はすべてぐちょぐちょの水浸し。

髪からもぽたぽた水滴が落ちている。

彼女は頭をぷるぷると振ったあと、濡《ぬ》れた髪をかきあげた。

「あー……、ようやく頭が冷えたわ」

「頭を冷やすって、きっと物理的な意味じゃないと思うんだけどね……」

そう指摘するも、ちょっとドキドキしてしまう。

さっぱりした、とでも言わんばかりに髪をかきあげ、月明かりに照らされる千佳《ちか》が、妙に魅力的に見えたからだ。

美少女だ。水に濡《ぬ》れた美少女がいる。

水も滴《したた》るいい女……。

顔がしっかり見えているうえに、ずぶ濡《ぬ》れの制服、夜の海、という特殊なシチュエーションのせいだ。

顔がいい女はずるい。

いやいや、見惚《みと》れている場合ではない。

「とりあえず着替えよ……、あー、今日体育あってよかったよ……」

周りに人気《ひとけ》がなく、暗い夜なのでその場で着替え始める。

濡《ぬ》れた制服を脱ぎ捨て、タオルでできるかぎり身体《からだ》や髪を拭いた。

ジャージを取り出しながら、割と真面目に注意する。

「ていうか、千佳《ちか》ちゃん。ほんっとうに危ないから。夜の海に飛び込むなんて、もうやらないでよ。むしゃくしゃしたのはわかるけどさ」

そうは言いつつも、さっきの行動は必要だったように感じる。

塞ぎこんでいた千佳《ちか》の目に、炎が戻りつつあるからだ。

憑《つ》き物《もの》が落ちる、とはこういうことを言うのかもしれない。

けれど、それはそれ。

これはこれだ。

危ないものは危ない。そこは注意しないといけない。

しかし千佳《ちか》は、肩を竦《すく》めて平然と言う。

「別にわたしも、考えなしに飛び込んだわけじゃないわ。以前、この海を見たときに『飛び込んでも何とかなりそうだ』と思っていたから、ここを選んだのよ」

「海見て飛び込んでも大丈夫そう、なんて考えてんのはきっとあんたくらいだよ……」

確かに、それほど苦労せずに上がってこられたけど。

だが、夜の海に飛び込むなんて、危険極まりない行為だ。よくない。

千佳《ちか》の母が聞いたらその場で卒倒しそうだ。

しかし、千佳《ちか》は軽く頭を振ってみせる。

「そういう意味なら、わたしのほうが肝を冷やしたわ。佐藤《さとう》ったら考えなしに飛び込んでくるんですもの。あなたのほうがよっぽど危ないわよ」

「それは……」

しょうがないじゃないか。

千佳《ちか》が泳げるかわからないし、助けなきゃって思ったのだから。

すると、千佳《ちか》は小さく笑って意地の悪い目を向けてきた。

「佐藤《さとう》は、わたしのことが心配で仕方ないんでしょう？　ずっと不安そうにわたしの後ろをよちよちついてきて。あなた、わたしのことが大好きだものね。しょうがないわよね」

「は……、はぁ!?　なに、それ、い、意味わかんない。あ、あたしは別に、心配なんて、て、ていうか、あんたのことなんて好きでもないし。き、嫌いだから！　誤解すんな！」

おかしなことを言われたせいで、声がひっくり返ってしまう。

千佳《ちか》はさっきの飛び込みでテンションが上がっているのか、いい具合に力が抜けたのか。

普段とは違う攻撃を仕掛けてくる。

「はいはい」

さらには、そんなふうに聞き流す始末。

な、なにそれ、むかつくぅ……。

とはいえ、反撃するには分が悪そうだった。大人しく着替えを再開する。

とりあえずジャージには着替えた。

しかし、髪はだいぶ濡《ぬ》れているし、身体《からだ》も冷え切っている。

海の風が辛《つら》いので、千佳《ちか》の身体《からだ》を指でつついた。

「ほら、もうさっさと帰ろ。風邪引くわ、こんなん」

「そうね。このままだと、風邪を引いちゃうわよね」

「だれのせいだ、だれの」

「そうじゃなくて。一度、身体《からだ》を温めたほうがいいんじゃないか、と思って」

不可解なことを言って、千佳《ちか》はスマホを操作し始めた。こちらに画面を向ける。

そこには、何とも心惹《ひ》かれるものが映し出されていた。

「ちょっと歩いた先に、二十四時間営業のスーパー銭湯があるの。一度濡《ぬ》れてるんだし、もういっそお風呂《ふろ》に入ったらいいんじゃないかと思って」

「……………」

そういうのやめてほしい。

めちゃくちゃ魅力的な提案、やめてほしい……。

濡《ぬ》れていて寒いし、髪は海水でガシガシするしで、今すぐお風呂《ふろ》に入りたい。

広くてぽかぽかなお風呂《ふろ》を想像して、ほっこりしてしまう。

濡《ぬ》れたまま帰って風邪を引くより、一度芯から温まるほうがいいに決まっている。

でも。

「……いや、あたしら未成年だし。大人いないと、夜は入れないんじゃないの」

「受付で止められたら、諦めて帰ればいいんじゃない。そのときはタオルだけでも買っていけばいいわ」

「……………」

肝が据わっているというか、なんというか。

確かにダメ元で、行くだけ行ってみてもいいかもしれない。

と、いうわけで。

近くにあった、二十四時間営業のスーパー銭湯にやってきた。

それほど大きな施設ではないが、エントランスや外観は清潔感があって好感が持てる。

受付には、眠たげにしているお姉さんがひとり。

こちらは、スクールバッグを持った学校ジャージがふたり。

鞄《かばん》の校章をできるだけ隠しながら、料金を支払った。

「………」

お姉さんはこちらを見たが、案外あっさりと通してくれた。

未成年と思わなかったのか、面倒だから気付かないふりをしたのか、それともこっちの事情を察してくれたのか。

何にせよ、ありがたい。

平日の深夜に差し掛かっているためか、施設内にお客さんはほとんどいなかった。

逸《はや》る気持ちを抑え、そのまま大浴場に直行する。

いい加減、やんわり湿ったジャージも気持ち悪かった。


「あぁ～……、生き返るぅ～……さいこぉ～……」

海水でガシガシになった髪とベタベタの身体《からだ》を洗い流したあと、お湯に浸《つ》かって幸せな声を漏らす。

湯気が立ちのぼる大きな湯船に、とぽぽぽぽ……、という水音が響いていた。

冷え切った身体《からだ》に熱が染《し》み渡《わた》る。

この世のものとは思えない気持ちよさ。

大浴場にもほかの客はおらず、貸し切りのようになっていて最高だった。

「本当……、気持ちいいわ……」

隣で湯に浸《つ》かる千佳《ちか》が、ほう、と息を吐く。

ちょうどいい湯加減に身体《からだ》からすっかり力が抜け、とても心地よい。

これもう、ずっと入っていたいなぁ……。

「…………」

「…………」

特に会話はないが、電車内であったような気まずさはない。

ただただ、気持ちが緩んでくつろいでいる。

しかし、そこで千佳《ちか》が咳《せき》ばらいをした。

「んっんんっ……。えーと、その。佐藤《さとう》？」

「なあに」

「あのー……。今日は、その。……いっしょにいてくれて、ありがと」

「は？」

あまりにも想定外の言葉に、慌てて千佳《ちか》を見る。

すると、彼女はビクッとして顔を逸《そ》らしてしまった。

顔を背けたまま、ぼそぼそと言う。

「わたしは……。今まで何かあっても、ひとりで気持ちを整理することが多かったから。だから……、なんて言うのかしら。こんなときに、だれかがそばにいてくれるのって、安心するんだな、って思ったのよ……」

きゅっと肩を縮ませて、そんなことを言う。

こちらをからかっているわけでも、ふざけているわけでもなさそうだ。

えぇ、ちょっと。

そんな可愛《かわい》げのあること言えるの、この子……。

不覚にも、ちょっとじーんとしてしまった。

「いや、まぁ、ん……。や、役に立てたならよかった……、んじゃないの。知らないけど」

照れ隠しで、ぞんざいな言葉遣いになってしまう。

あたしは可愛《かわい》くないな！　と心の中で叫んでしまった。

何も言えなくなり、お互いもじもじする時間が続く。

しかし、千佳《ちか》が再び口を開いた。

今度は、真面目な声色で。

「佐藤《さとう》。……あの子、わたしより上手《うま》いと思った？」

結衣《ゆい》の話が出て、自然と身体《からだ》が強張《こわば》ってしまう。

一瞬、本心とは違う言葉を口走りそうになる。

だけど、そうじゃない。

ここで気休めを言っても仕方がない。

覚悟してから、正直に話す。

「……渡辺《わたなべ》より、上手《うま》いと思った。今は、あの子のほうが上手《うま》い」

「そう」

千佳《ちか》の返事は静かなものだ。

それ以上は、何も言わない。

それはただの確認なのだろう。

別に彼女は、慰めや激励を欲《ほっ》しているわけではない。

けれど、自分の思いを伝えずにはいられなかった。

「今は、って言った。渡辺《わたなべ》はすぐに追い抜かすんでしょ。黙って見てるなんてありえない。それに関しては、信頼してるよ」

前を向いたまま、正直な気持ちを述べる。

彼女からじっと見られている感覚はあったけれど、目は合わせられなかった。

どうしても、恥ずかしさや照れくささが先に立つ。

やがて、千佳《ちか》も前に向き直ったらしい。

ふん、と鼻を鳴らした。

「ええ、そのとおり。そのために切り替えたのよ。頭を冷やして、悔しさを爆発させて。ここからはちゃんと前を見据えるわ」

「今度からはもうちょい現代人らしい切り替え方してね。人のことを野蛮野蛮って言う割に、今日のあんたが一番野蛮だから」

「別にわたしが野蛮なことを一度したからって、あなたの品格が上がるわけじゃないけど？　哀れな勘違いはやめて頂戴」

「こいつ……」

　徐々に調子を取り戻しつつある……。

　落ち込んでいるよりはいいけれど、これはこれで可愛《かわい》げがない……。

　しかし、千佳《ちか》はすぐに真面目な表情に戻り、ぽつりと呟《つぶや》いた。

「当然、高橋《たかはし》さんを抜き返すつもりではあるけれど……。高橋《たかはし》さんはすごいわ。完全な上位互換を見せつけられた気分。わたしの足りないものを、彼女は持っているのよね……」

「……………」

　千佳《ちか》が素直に結衣《ゆい》の実力を認め、そのうえで「負けている」と口にすることに複雑な思いを抱く。

　他人の力量を正確に測るのは、大切なことだ。

　だけどやっぱり、夕暮夕陽《ゆうぐれゆうひ》には「負けた」と言ってほしくなかった。

「どうすれば……、いいんでしょうね……。あんまり時間もない……」

　千佳《ちか》は口元に指を当てて、考え込んでしまう。

　すぐに、彼女の頬を指でつまんだ。

　むに、という感触を楽しんでいると、千佳《ちか》が不愉快そうに睨《にら》みつけてくる。

「ふぁに」

「それを考えるのは、もうちょいあとでいいんじゃない。とりあえず今は、ゆっくり休みなよ。心身ともに回復させてから、その難題に挑むってことでさ」

学校に行って、アフレコして、ヤバい現場とすごい後輩にびっくりして。

海に飛び込んで。叫んで。

今日はいろいろありすぎた。

ちょっとは休まないと、頭がパンクしてしまう。

こちらの言いたいことが伝わったのか、千佳《ちか》はゆっくりと息を吐く。

乱暴に手を振り払い、ざぶん、と湯に肩まで浸《つ》かった。

受け入れてくれたことに、内心安堵《あんど》する。

「そういえば渡辺《わたなべ》。あんた、運動音痴なのに泳げはするのね」

気になっていたことを尋ねる。

正直、千佳《ちか》が海に落ちたときは死を覚悟した。

てっきり、泳げないとばかり。

千佳《ちか》は鋭い眼光をこちらに向け、舌打ちをこぼす。

「だれが運動音痴よ」

「え、そこ？　いや、それはもう無理よ。あたしら、一年いっしょに体育やってるんだよ。あんたの残念っぷりは嫌でも目に入ってるから」

「…………」

千佳《ちか》は不満そうに唇を尖《とが》らせる。

渋々と口を開いた。

「……昔、スイミングスクールに通っていたから。お母さんが、『あなたは絶対に川や海に落ちるから』って。余計な心配ばかりで困るわ」

「今日落ちてんだからママさんが正しいじゃん。子供のときも、実は何度か落ちてるんじゃないの？」

「失礼ね。数えるほどしか落ちてないわ」

「落ちてはいるんかい……」

さすがは人の親、ということだろうか。見事に予見している。

どうも、千佳《ちか》が危なっかしいのは昔からのようだ。

今日もスイスイと泳いでいたし、千佳《ちか》は母に感謝すべきである。

「そういえば、結衣《ゆい》ちゃんも泳ぐのが趣味って言ってたっけ……」

直前まで結衣《ゆい》の話をしていたので、なんとなく口にする。

彼女の日焼けした肌は、室内プールが原因らしい。

「室内でも焼けちゃうんですよー」と笑っていたのを思い出す。

特に意味があって言ったわけではないが、なぜか千佳《ちか》が面白くなさそうに口を曲げていた。

「……なに？」

「あなたが考えないようにしろ、って言ったのに、そこで高橋《たかはし》さんの名前を出すの？　あの子は今もプールに通っているから、きっと水泳もあの子のほうが上手《うま》いね～、って？　演技だけじゃなく、私生活も上位互換だね～って。そう言いたいわけ？」

「こわいこわいこわい、なに。変なところで火つくのやめてくれる？　悪かったたって」

妙なところで逆鱗《げきりん》に触れたらしく、千佳《ちか》はぐいぐいと迫ってくる。

面倒くさくなって謝ってしまったが、それがまた気に入らなかったらしい。

舌打ちを重ねて、睨《にら》みを利《き》かせてくる。

しかしそこで、千佳《ちか》の腕が由美子《ゆみこ》の胸に触れた。

その感触に、千佳《ちか》が視線を下に向ける。

そのまま、じっと見つめた。

嫌な予感を覚えていると、案の定、千佳《ちか》は指を下に向ける。

「悪いと思っているのなら、誠意を見せなさい」

「言い分が完全にチンピラなんだけど……。誠意見せろっていうか、おっぱい見せろって？」

「見るだけで誠意になるとでも？　触るのもセットに決まってるでしょうに。さぁ、お湯から出しなさいな」

「ぇぇ、やだよ……。こんな公共の場でさぁ……」

「といっても、わたしと佐藤《さとう》しかいないじゃない。人が来たら、やめるから。ほら、早く」

「なんかあたしの胸の扱い、どんどん雑になってない……？」

「失礼ね。わたしは常に敬意を払っているわ。ほら、さぁさぁ」

急《せ》かされて、渋々とその場で正座する。

彼女がキラキラした目で手を近付けるのを見て、「そもそも、これあたしが悪いのか……？」

と首を傾《かし》げた。


お風呂《ふろ》に入って疲れを癒《いや》し、すっかり身体《からだ》も温まった。ぽかぽかだ。

しかし、身体《からだ》は何とかなっても、服はそうはいかない。

「ううん……」

更衣室で、ちょっとしっとりしたジャージを持ち上げる。

これ着るのいやだなぁ……。

せっかく温まったのに……。

とはいえ、制服はずぶ濡《ぬ》れだし、そもそもこの時間帯に制服を着るのもリスキーだ。

仕方がないとジャージに袖を通そうとしたときだった。

「ん？　え、渡辺《わたなべ》。なんでそれ着てんの」

先に着替え終えた、千佳《ちか》の服装に驚く。

彼女は店が貸し出している、館内着を身に着けていたからだ。

簡易なパジャマのような服で、それを着て施設内を歩き回ることができる。

「今から帰るのに、それ着てどうすんの。館内着って持ち帰っちゃダメでしょ？」

「ここっていろんな施設があるみたいだから。せっかくだし、少しくらい休憩してもいいじゃない？」

「ん。んん、ん……」

このスーパー銭湯はお風呂《ふろ》に入るだけでなく、ゆったりできる休憩所や仮眠室、レストランやカフェがあり、風呂上《ふろあ》がりをのんびり楽しめる。らしい。

時間が時間だけに抵抗はあるが、忙《せわ》しなく帰るのもちょっともったいない。

少しの休憩なら、軽く飲み物を飲むくらいなら、許されるかもしれない……。

そんな言い訳をして、由美子《ゆみこ》も館内着に着替えた。

ふたり並んで、更衣室から出ていく。

裸足《はだし》でぺたぺたと施設内を歩いてみたが、お客さんが少なくてがらんとしていた。

でも、これならゆっくりできそうだ。

とりあえず、休憩室かカフェで飲み物でも……、と思っていると、千佳《ちか》がお腹《なか》を擦《さす》った。

「お腹《なか》すいたわ」

「嘘《うそ》でしょ……。あんた、あたしたちと夜ご飯食べたじゃん……」

「あのときはお腹《なか》いっぱいになったのだけれど。なんだか急に」

「…………」

心のつかえが取れたから、だろうか。

彼女はアフレコでさぞかし打ちのめされただろうし、普段どおり食べられなくて当然だ。

それを思うと、千佳《ちか》が食欲を取り戻したのはいいことかもしれない。

「……じゃあレストランにしようか。あたしはジュースでも飲んでるよ」

その言葉に、千佳《ちか》はパッと表情を明るくさせる。

しかし、レストランで千佳《ちか》がカツカレーを注文したのは驚いた。

「どんだけお腹《なか》減ってんのよ、あんた……」

自分たち以外にだれもいないレストランで、千佳《ちか》はカツカレーに手を合わせている。

たっぷりのルーにしっかりとしたトンカツ、結構なボリュームのご飯。

彼女はいただきます、と口にしてから、パクパクと食べ進めた。

夜食とは思えないほどの食べっぷりだ。

「おいひい」

「あぁそうですか……」

由美子《ゆみこ》はオレンジジュース片手に、ため息を吐《つ》く。

目の前で食べられるとお腹《なか》がすいてくるが、こんな時間に食べるなんて冗談じゃない。

せめてもの抵抗として、彼女に余計な一言をぶつけた。

「こんな時間にカツカレーって。太るよ」

「わたし、なに食べても太らないタイプだから」

「…………………………………………………………」

やってらんねー、とテーブルに突っ伏す。

その間も、千佳《ちか》はおいしそうにカレーを堪能《たんのう》していた。

普段は不満げな表情ばかりだが、食べているときは幸せそうだ。

「……まぁ確かに。お姉ちゃんはもっと食べたほうがいいと思うけど」

彼女の裸体を思い出す。

千佳《ちか》の身体《からだ》はあまりに肉がない。スリムすぎるのだ。

もう少し、太ったほうがいい。

太らないタイプというよりは、晩ご飯に「コロッケとご飯で十分」と言えるあたり、普段は面倒くさがってあまり食べないのだろう。

こちらの言葉に反応して、千佳《ちか》がぴたりと手を止めた。

ゆっくりと自分の身体《からだ》を見下ろす。

「……もっと食べて太ったら、佐藤《さとう》みたいな素敵な胸がわたしにもつくかしら」

「それはわかんないけど……、まぁ今のままじゃおっぱいも大きくならないと思う」

胸が大きい千佳《ちか》、というのも想像しづらいが。

千佳《ちか》はしばらく思案したあと、ぼんやりと呟《つぶや》いた。

「まぁ……。急に太るのは難しいし、触りたくなったら佐藤《さとう》のがあるしね」

「人の胸を消しゴムか何かみたいな扱いしないでくれる？」

憤《いきどお》ってみせても、彼女はどこ吹く風だ。

そして結局、カツカレーをぺろりと平らげてしまった。

「おいしかった……」

満足そうに腹を擦《さす》る千佳《ちか》は幸せそうで、幼い子供のようだ。

その姿には呆《あき》れるが、とても彼女らしい。

そこで千佳《ちか》はむっとする。

「なに。なぜ笑っているの」

どうやら、無意識のうちに頬が緩んでいたらしい。

自分の口元に手をやりつつ、「べつに」とそっけなく返した。

追及されても困るので、スマホに視線を落とす。

そのまま適当にいじっていると、やけに静かなことに気付いた。

顔を上げると、千佳《ちか》がうとうとし始めている。

慌てて、腰を上げた。

「あぁちょっと、お姉ちゃん。もう帰るよ。こんなところで寝ないでよ」

周りに人がいないものだから、ゆっくりしすぎてしまった。

時計を見ると結構な時間が過ぎている。

これ、今から電車に乗って家まで帰れる？　……大丈夫？

慌てて千佳《ちか》に声を掛けるが、彼女は眠たげにしている。

うんうん、と頷《うなず》くものの、動きは鈍い。

「ほら、帰るよ。鞄《かばん》持って。時間ないから」

目を擦《こす》っている千佳《ちか》に鞄《かばん》を持たせ、手を引いてレストランから出ていく。

お腹《なか》いっぱいになって眠りそうになるなんて、まるきり子供だ。

片手でスマホをいじり、電車の時刻表を調べていると、急に千佳《ちか》の足が止まった。

「佐藤《さとう》」

「なに」

振り返ると、千佳《ちか》はある場所を指差していた。

そこには『この先、仮眠室（女性専用）』と書かれている。

この時間帯は深夜料金になるが、代わりに利用時間は深夜から朝にかけて。

既に深夜料金で入場している由美子《ゆみこ》たちは、朝までいることも可能だ。

ぐらりと、心が揺れる。

濃い一日を過ごして疲れているうえに、お風呂《ふろ》上《あ》がりの身体《からだ》はちょうどいい具合に温かい。

横になったら、さぞかし気持ちよく眠れるだろう。

「いや……、いやいや。さすがに泊まるのはまずいでしょ……。明日学校だしさ」

頭をぶんぶんと振って、誘惑を振り払う。

しかし、千佳《ちか》はとろんとした目でダメ押ししてきた。

「でも、今からじゃ電車に間に合うかわからないし……。タクシーに乗るとなったら、結構な額になるわ。領収書も切れないし」

「うっ……」

確かにそれは、由々しき問題だ。

仕事帰りだが、ここに来ているのは完全なプライベート。領収書は切れない。

もしタクシーで帰るとなれば、いくらかかるのか……。

「始発で帰れば、すうひゃくえん」

千佳《ちか》の甘い囁《ささや》きは、おそろしく魅力的だった。

今から慌てて家に帰るとなると、物凄《ものすご》くバタバタするし、タクシーを使う羽目になるかもしれない……。

湯冷めだってする……。

うう……。

「……わかった。泊まろうか……」

結局、誘惑に負けてしまった。

千佳《ちか》はこうなることがわかっていたかのように、こくんと頷《うなず》く。

静かに仮眠室を覗《のぞ》いてみるが、中にはだれもいなかった。

薄暗く、間接照明がぼんやりと部屋を照らしている。それなりに広い。

簡易ベッドが規則正しく並んでいるが、安っぽくはなかった。

むしろ上等で、よく眠れそうだ。

千佳《ちか》はむにゃむにゃと口を動かしながら、早速横になろうとしている。

「あぁちょっと、渡辺《わたなべ》っ。お母さんに連絡しときなよ」

さすがに無断外泊はまずい。

理由を話して、やむを得ず泊まることになった、と報告しないと。

「え？　あぁ……、そうね……」

目をしょぼしょぼさせた千佳《ちか》が、半分眠りかけたまま、スマホを操作する。

「うん……、うん……、だから……、え？　うん……、しらない……」

こちらに背を向けて、ぼそぼそと通話している。

電話越しに、千佳《ちか》の母の声が漏れ聞こえていた。

内容まではわからないが、とにかく声を張っている……。

怒ってんじゃないの、これ……。

そこで千佳《ちか》が急に振り向いたので、ビクッとする。

スマホをこちらに差し出してきた。

「佐藤《さとう》。お母さんが代わって、って」

「あぁ……、いいけど……」

本当に千佳《ちか》が由美子《ゆみこ》といっしょにいるのか、確認だろう。

お泊まり時の確認は、それほど珍しくもない。

しかし、千佳《ちか》が「役目は終わった」とばかりに寝転び始めたのは、「おい」となる。

まだ寝るんじゃない、と彼女の背中を足でぐりぐりしながら、電話に出た。

「もしもし、代わりました。佐藤《さとう》です」

『……あぁ、由美子《ゆみこ》ちゃん』

スマホから、疲れた声が聞こえる。

頭を抱えている姿が目に浮かぶようだ。

「すみません、仕事のことでいろいろあって。終電で帰れるかわからないから、始発で帰ろうっていう話に……。どうしてもって言うなら、タクシーに押し込みますけど」

『そうさせたいけれど、千佳《ちか》はもう眠りかけているでしょう？　そこから引っ張るのは大変だから、今日は特別に許可します』

渋々といった口ぶりに、思わず苦笑する。

しかし彼女の声色は、そこから申し訳なさそうなものに変わった。

『ごめんなさい、由美子《ゆみこ》ちゃん。千佳《ちか》がいろいろと迷惑を掛けているんでしょう？』

「えぇ。それはもう」

きっぱりと言うと、今度は彼女が苦笑する番だった。

『申し訳ないけれど、面倒をお願いするわ。由美子《ゆみこ》ちゃんといっしょなら、安心でしょうし』

さらりと言われるが、その信頼は嬉《うれ》しいような、迷惑なような。

そして、電話を切るタイミングで彼女はこうも言った。

『由美子《ゆみこ》ちゃん。千佳《ちか》と仲良くしてくれて、ありがとう』

「いや、仲良くしてないっす」

『ふふ、そうね。それでは、気を付けて帰ってきてね』

最後に少しだけやさしい声色になってから、通話は切れた。

さっきから足でつついていたのに、既に千佳《ちか》は寝息を立て始めている。

「仲良くなんか、ないですよーだ……」

独り言を呟《つぶや》いて、スマホを千佳《ちか》に返した。

今度は、自分の親だ。

母は仕事中なので、泊まることになった経緯と、ご飯を用意できないお詫《わ》びをメッセージに打ち込んだ。

それを送る直前になって、ぱっと思い立つ。

「寝顔かわいいな、こいつ……」

すぅすぅと眠る千佳《ちか》の顔を写真に収め、メッセージといっしょに送った。

ごろんと横になる。

ベッド同士はほとんどくっついており、すぐそばに千佳《ちか》の顔がある。

鋭い目つきも、閉じてしまえば関係がない。

子供のようにあどけない顔で、小さな寝息を立てていた。

「顔はいいよな、ほんと……」

彼女の頭に手をやると、さらりと髪が揺れた。

そのまま髪に触れていても起きる気配はない。

結衣《ゆい》のことがあっただけに、千佳《ちか》がこうして穏やかに眠れているのは、純粋に嬉《うれ》しかった。

きっと彼女はこれから、苦しい悩みに身を投じることになる。

「あたしも……、何とかしなきゃ……」

こてん、と頭をベッドに下ろす。

千佳《ちか》の髪に指を絡《から》めたまま、己の悩みと向き合った。

千佳《ちか》の演技を真似《まね》たように、おそらく結衣《ゆい》は由美子《ゆみこ》の演技だって真似《まね》られる。

その気になれば、歌種《うたたね》やすみをあっさり超えるに違いない。

今回浮き彫りになったのが千佳《ちか》というだけで、彼女と同じ危機は由美子《ゆみこ》も抱えている。

後輩に自分の立場を取られる危険。

それがすぐ背後まで迫っている。

これは、自分の進路にも直結する問題だ。

自分の椅子を取られないよう、声優一本に絞って必死に努力を続けるか。

取られたときのことも考え、進学なりで別の道も視野に入れるのか。

はたまた、楽しかったー、と笑ってごく一般的な生活に帰っていくのか。

「考えることが……、多すぎる……」

そうじゃなくても、『魔女見習《まじょみなら》いのマショナさん』の現場を乗り切る必要があるというのに。

次の脚本も決まっていない状況で、どうやって自分の演技を高めていくか。

頭の中が悩みごとでいっぱいになる。

しかし、疲れた頭ではろくに考えはまとまらず、気付けば眠りに落ちていった。

「……ん」

スマホのアラーム音で目を覚ます。

慌ててアラームを止めてから、周りを見回した。

幸い、自分たち以外に仮眠室の利用者はいない。ほっと息を吐く。

眠い目を擦《こす》りながら、隣にいる千佳《ちか》の頭を叩《たた》いた。

「ほら、お姉ちゃん。帰るよ」

「んぅ……、やだ……」

「やだじゃない。最悪、あんた置いて帰るからね」

そこまで言うと、ようやく千佳《ちか》は身体《からだ》を起こした。

始発に合わせたので、時間は相応に早い。

ふたりであくびを噛《か》み殺《ころ》し、館内着からまだしっとりしているジャージに着替えた。

スーパー銭湯をあとにして、始発の電車に乗り込む。

乗客は自分たちだけだった。

窓の外の朝日は眩《まぶ》しく、目に痛い。

一度家に帰り、そこから学校に行くと思うと、気だるくて仕方がなかった。

「今日はもう制服着られないだろうし……、先生に事情を話して、ジャージかな……」

独り言を呟《つぶや》いていると、肩に重みを感じた。

見ると、千佳《ちか》がこちらの肩に頭を預けてすぅすぅ眠っている。
普段だったら頭を押し返していた。
だけど、今日ばかりは眩《まぶ》しい朝日を見つめ、息を吐くにとどめるのだった。

「えーっと、ラジオネーム、〝おっさん顔の高校生〟さんから頂きました。おっさん久々じゃない？　えー、『夕姫、やすやす、おはようございます』。おはようございまーす」

「おはようございます。……え？　あぁメールはいっぱい届いてたんですって。じゃあ単に使えなくてボツばかりだったのね」

「やめたれよ。『〝魔女見習いのマショナさん〟おふたりが出演されている、ということで観ました！　特番も楽しみにしております！』だって。ありがとありがと」

「こういう追いかけてくれるファンは大切にしたいわね」

「あんたさっき、ひどいこと言ったけどね。えー、『アフレコでのエピソードがあれば、ぜひ聞いてみたいです！』だそうですが。ん、アフレコは万事順調ですね」

「ええ。とてもスムーズにいっているわ。エピソードは……、何かあるかしら」

「後輩の圧がすごい？」

「あぁ……、後輩っていうか、高橋さんね……。ゲスト回を聴いてくれた人はわかるだろうけど、あの子あんまり人の話を聞かないから……」

「誤解がないよう言っておくけど、結衣ちゃんはめっちゃいい子だよ。すんごいいい子。でもほら、ねぇ？　だれとは言わないけど、相手が悪いよね。人付き合いがチュートリアルで止まってるような奴相手だから」

「は？　出たわ。あなたのそういうところ、本当に嫌い。逆にあなたはチュートリアルをスキップしたんじゃないの？　ノリだけでごまかす人付き合いをコミュ力！　って言い張る愚かな人種だもの。早く淘汰されればいいのに」

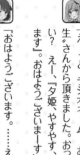

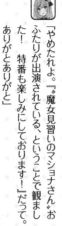

「淘汰されるとしたらそっちでしょ。そのノリすらもないあんたに何があるっての?」

「落ち着き。あなたには一生縁のないもの。羨ましい?」

「こいつ……。あぁもう、腹立つので次のメール読みまーす。ほら、ユウ。次。読んで」

「うるさいわね……、えー、ラジオネーム、〝がぶ飲みウイスキー〟さん。『〝幻影機兵ファントム〟のブルーレイに、特典映像が付くことが発表されましたね!』」

「あー、もう情報出てたっけ。予告映像もちらっとあるんだよね」

「『大変驚きました!　やすやすが演じるシラユリも出てくるそうなので、すごく楽しみにしています!』だそうよ」

「そうなのよー。いやー、これ嬉しかったなー。もちろん内容については言えないんだけどさ、あたしシラユリはもう出られないと思ってたから。久々に演じられるのが嬉しいよ」

「そうね。まだ収録は先だけれど、いろいろと――」

to be continued……

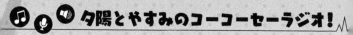

「……ついに来ちゃったな」

教室でプリントを配られ、思わずため息が漏れた。

静かなホームルームも、そのプリントのせいで若干騒がしくなる。

そこかしこから「これって大学名まで書くの？」「え、そこまで決まってる？」「まだ第一まででなんだけど」と疑問の声が上がっていた。

「はいはい、説明しますからちゃんと聞いてねー」

担任が軽く手を叩《たた》いてから、具体的な説明をしてくれる。

それを聞きながら、由美子《ゆみこ》はそのプリントをじっと見つめていた。

『進路希望調査』

第一希望、第二希望、第三希望……、と書かれた紙を見て、再びため息が出る。

結局、進路はどうするかまだ決まっていない。

それどころか、最近はアフレコのことで手一杯で、考える余裕すらなかった。

「いっそもう、お嫁さんとか書いちゃおっかな～」

伸びをしながら、そんな投げやりなことを言う。

すると、後ろの席の女子が「なに、由美子《ゆみこ》。もうそんな相手いるの？」と声を掛けてきた。

「いるいる。この前、声優の先輩に『結婚しよっか』って言われたから。結婚式をイベント形式にして、売上回収しようって」

「声優の鑑《かがみ》じゃん」

「声優の認識おかしくない？」

軽口を叩《たた》きながら、いっそそれもいいよな～、と現実逃避してしまう。

もちろんそういうわけにはいかないので、改めて考えなければならない。

その日の昼休み、いつもどおり若菜《わかな》と昼食を囲んだ。

がやがやと騒がしい教室の中で、お互いにお昼ご飯を持ち寄る。

しかし、若菜《わかな》は普段のお弁当箱ではなく、渋い顔でコンビニ袋を持っていた。

「若菜《わかな》、今日お弁当ないの？」

「そうなの～。昨日の夜、たまには自分で作って女子力上げてくか～！　って思い立ってさー。お母さんに『明日はお弁当いいよ！』って伝えたのね」

「うんうん。そこまではいい女じゃん。で？」

「朝起きたら、昨日のやる気が家出してた」

「あー、あいつら、すぐ実家帰るからね。ダメだよ、寝起きの自分なんか信じちゃ」

「夜の時点では作る気満々だったんだよー」と嘆きながら、若菜《わかな》はおにぎりやサラダを机の上に並べていく。

「だから由美子《ゆみこ》、おかずちょーだい」

「いいけど、あたしもおにぎり一口ちょうだい。あ、ツナ、ツナがいい」

お互いのご飯を見ながら、お昼を食べ進めていく。

そこで、何とはなしに尋ねてみた。

「ねー、若菜《わかな》って、進路決まってる？」

「え？　ふつーに大学」

まぁそうだろうな、と思う。

この高校に通う大体の生徒は進学希望だ。

パリッとのりの音を立てつつ、若菜《わかな》は不思議そうに首を傾《かし》げた。

「どしたん？　由美子《ゆみこ》は就職……って言っていいのかな。とりあえず、声優やりながらママのところで働くんだよね？」

「そのつもりだったんだけど……」

若菜《わかな》にその話はしていたが、進路に迷い始めたことは言ってなかった。

この機会に、相談も兼ねて伝える。

「どう思う？」と尋ねると、若菜《わかな》は難しい顔で唸《うな》り始めてしまった。

「難題だなぁ……。なぁーんも決まってないわたしには、とても重たい問題じゃて」

「逆に若菜《わかな》は、何が目的で大学に行くの？」

卵焼きを彼女の口に差し出すと、嬉《うれ》しそうにパクっと食いつく。

それをもぐもぐしながら、若菜《わかな》は腕を組んだ。

「目的なんてなーいよ。みんなが行くから、なんとなく行くだけ。みんなが就職するなら、なんとなく就職したんじゃない？　別にやりたいことなんてないしさ、人生を決める先延ばしをしているだけな気がするなぁ」

若菜《わかな》はぼんやりと言う。

由美子《ゆみこ》はアスパラのベーコン巻きをカリカリ食べながら、質問を重ねた。

「そんなもん？　大学の四年間で、自分のやりたいことを見つけるとか？」

「やー、見つかんないんじゃない？　なんとなく就職する未来が想像できるもん。まーでも、みんなそうだと思うよ。由美子《ゆみこ》みたいにやりたいことがあるほうが、珍しいって」

あーん、と口を開けてくるので、彼女の口にもアスパラを放り込む。

代わりにおにぎりをもらっていると、若菜《わかな》は独り言のように呟《つぶや》いた。

「でも、そうだなぁ。もしわたしにやりたいことがあったら、どうかな。まっすぐにその道に進んでたかもしれないね」

「……若菜《わかな》はそうだと思うよ。自分で決めたら、きちんと進んでいくんじゃない？」

「弁当も作れない女なのに？」

「それ言われると自信なくなってきた」

冗談めかして笑うけれど、さっきの言葉に偽りはない。

若菜《わかな》なら、自分よりよっぽど迷いなく進んでいきそうだ。

それとも、「やりたいこと」が決まっているのだから、その道をまっすぐに進むべきだろうか。迷う必要はないのだろうか。

ぼうっとご飯をつまんでいると、若菜《わかな》はふにゃっとした笑みを浮かべた。

「あ、でも。やりたいことはないけど、大学生活は楽しみかな～。中高とは別物って話だし、大学生活が一番楽しいって人もいるじゃん？ 就職だと来年には働いてるけど、大学行けば四年間も学生を満喫できるんだよ～。行っていいなら、由美子《ゆみこ》も大学行って遊ぼうよ～」

その答えは新鮮だった。そういう考え方もあるのか、と目から鱗《うろこ》が落ちる。

大学生を楽しみたいから、大学生になる。

清々《すがすが》しいくらい、爽やかな答えだ。

あるいは、そんな選択肢もある。

苦悩ばかりの声優をおしまいにして、若菜《わかな》やほかの子と同じように、なんとなくで大学に入って、明るく愉快な普通の大学生活を送る。

それは絶対に楽しい。

「由美子《ゆみこ》が働くなら上手《うま》くタイミングを合わせて、由美子《ゆみこ》の家でご飯食べてから大学行くつもりだったけどね」

「どんな計画してんの。なんでご飯をたかる未来だけ具体的なの？」

閉店までいると朝帰りになるから、可能かもしれないけれど。

しょっちゅうご飯をたかりに来る気か……？

若菜《わかな》らしさに笑いながら、彼女に問いかける。

「そういえば若菜《わかな》。今週、泊まりに来るでしょ？　なに食べたい？」

「えー！　どうしよっかなー！　迷うなー！」

破顔して本気で悩み始める若菜《わかな》を見て、「こういう生活が続くのは、いいなぁ」とぼんやり思った。

「ごめん、若菜《わかな》。アニメ観《み》ていい？」

「ん？　あ、由美子《ゆみこ》と渡辺《わたなべ》ちゃんが出てるってやつ？　観《み》たい観《み》たい。観《み》よう」

『魔女見習《まじょみなら》いのマショナさん』第一話放送日。

週末、約束どおり若菜《わかな》が泊まりに来ていた。

由美子《ゆみこ》の家に置きっぱなしのパジャマに袖を通し、今はお菓子をぽりぽり食べている。

ご飯を食べて、お風呂《ふろ》に入って（もちろん別々だ）、リビングでだらだらおしゃべりを楽しんでいたら、時計の針はあっという間に深夜を指した。

友達が来ているときは、出演作でもあとで観《み》ている。

しかし、あの一話はリアルタイムで確認したい。

いったいどんな出来でオンエアされるのか、ずっと怖かったからだ。

若菜《わかな》とソファに並んで、テレビのチャンネルを合わせる。

「由美子《ゆみこ》の隣で、由美子《ゆみこ》が出てるアニメを観《み》るなんて、すごい体験してる気がする」

「あたしの演技はあんまり期待しないでよ」

照れ隠しで声がそっけないものになる。

ぽつぽつと話しているうちに、第一話が流れ始めた。

きゅっと緊張感が走る。

しかし、その緊張はすぐにほどけることになった。

放送が終わった瞬間、ポテチをパリパリ食べていた若菜《わかな》に、思わず問いかける。

「……ねぇ、若菜《わかな》。今のアニメ、どう思った？」

「んー？　わたしはアニメあんまり観《み》ないし、詳しくもないけど。正直に言っていいの？」

「お願い」

「これは、ひどいな？」

「だよねー」

ばふっ、とソファに倒れ込んでしまう。

いや、現場の修羅場っぷりを見るに、いい作画にはならないと思っていた。

だけど、想像した一回りも二回りもひどい。

基本的に作画は大きく崩れ、動いているシーンは見ていられない。

会話シーンはバストアップの同じ絵を使いまわし、とにかく動きは最小限。

背景は光でごまかしたり、極端に描き込みが少なかったり。

オープニングは、一話の映像を切り貼りしただけ。

こちらの映像はオープニングが完成次第、差し替えられるんだろう。

典型的な、間に合っていない作品の作画だった。

あの現場を見ている由美子《ゆみこ》からすれば、当然と言えば当然の結果だ。

しかし、アニメだけ観《み》た人はどう思うだろうか……。

「うわ……」

ツイッターを覗《のぞ》くと、検索していないのに『魔女見習《まじょみなら》いのマショナさん』のツイートが流れてきた。『作画崩壊』がトレンド入りしている。

今時珍しいくらいの作画崩壊に、盛り上がってしまっていた。

もちろん、悪い意味で。

「んー……。話は面白いのかも〜って思うし、由美子《ゆみこ》たちの演技はいいなぁって感じるけど。絵がひどくてあんまり頭に入ってこないね」

若菜《わかな》がテレビに目を向けたまま、率直に言う。

若菜と同じ感想を抱き、第一話で切ってしまう視聴者も多いかもしれない。

思い立って、原作者のツイッターアカウントを見たが、何も書かれていなかった。

遡っても、アニメについては触れていない。

「原作は……、面白いんだけどな……」

やるせなくて、思わず呟《つぶや》いてしまう。

台本はなかなか届かず、先の展開もわからないので、原作を読み込むことしかできない。

一読者としてなら、とても楽しく読ませてもらっていた。

しかし結局、原作を読んでもアニメの脚本は別物なわけで……。

「由美子《ゆみこ》もいろいろ大変だねぇ……」

若菜《わかな》がやさしく労《いた》わってくれるのが、唯一の救いだった。


『魔女見習《まじょみなら》いのマショナさん』は、以前からの告知どおり、毎週、振り返り特番を行う。

メインキャスト三人が、カメラを前に『マショナさん』について語る予定だ。

今日は第一話の振り返り。

それに出演するため、由美子《ゆみこ》は電車に揺られている。

どんな話をしようかなー、と頭の中で組み立ててるが、どうしても作画のことがちらついた。

あれに触れるわけにはいかないが、視聴者はあれで頭がいっぱいではないだろうか……。

グルグルと考えていると、すぐ真横にだれかが腰を下ろした。

「あ」

席は空いているのに、なぜこんな近くに？

そう思って隣を見ると、見知った顔が嬉《うれ》しそうな笑みを浮かべていた。

「結衣《ゆい》ちゃん、おはよう」

「おはようございます、やすやす先輩っ。見掛けたから座っちゃいました」

屈託のない笑顔で、可愛《かわい》げのあることを言う。

今日の彼女はいつものセーラー服にスカジャンではなく、白いTシャツにオーバーオールといった格好だ。少し日焼けした肌と、何より彼女の陽気な雰囲気にとても似合っている。

「結衣《ゆい》ちゃん、かわいいねえ。似合ってるなぁ」

小柄で、いい意味で子供っぽさが残るからこそ、愛らしさがふんだんに出ているというか。

ただただかわいい。

結衣《ゆい》は照れくさそうに頭を掻《か》いた。

「えへへ……。ありがとうございます。やすやす先輩もかわいいです！　最近は普段の格好を見慣れているから、高橋《たかはし》びっくりしちゃいました！　髪綺麗《きれい》ですねぇ～！　いいなぁ……」

映像付きの配信のため、今日は佐藤由美子《さとうゆみこ》ではなく、歌種《うたたね》やすみの姿で来ている。

髪は綺麗《きれい》なストレート、メイクも大人しめ、服装も清楚《せいそ》っぽいワンピースだ。

髪を持ち上げながら、「ありがと」と笑う。

「結衣《ゆい》ちゃん的には、今日の収録は嬉《うれ》しいよね。今日のユウ、ちゃんと声優仕様だろうから」

「そうなんですよぅ〜！」

千佳《ちか》の名前を出した途端、結衣《ゆい》の表情がぱあっと輝く。

両頬を手で挟みながら、恋する乙女《おとめ》のようにデレデレした。

「夕陽《ゆうひ》先輩って、すっごくかわいいじゃないですかぁ〜。顔ちっちゃいし、綺麗《きれい》だし、まさに美少女って感じ！　普段の陰がある先輩も格好いいんですけど、やっぱり、顔を見せてくれる夕陽《ゆうひ》先輩のが好きです！」

興奮して熱弁する結衣《ゆい》。

普段の千佳《ちか》を「陰があって格好いい」と表現するのは贔屓目《ひいきめ》に見過ぎだと思うが、それ以外は概《おおむ》ね同意見だ。

「そうねぇ。あたしも声優の格好しているユウのが好きかな」

由美子《ゆみこ》が答えると、結衣《ゆい》は目をぱちくりとさせた。

そのびっくりした表情に「なに」と笑ってしまう。

「いえ、やすやす先輩が好きって言うのが意外で。いっつも嫌い〜！　って言ってますから」

「いや、あいつのことは嫌いだよ？　大嫌い。でも顔は好き。顔だけは好き？　かわいいよねえ、あいつの顔……。めっちゃ美少女だな〜って思う。いつもあの髪型にすればいいのに」

しみじみと言うと、結衣《ゆい》はさらに驚いたようだ。

しかし、すぐにうんうん、と強く頷《うなず》く。

「そうなんですよ、普段からあの顔を見せてくれれば……！」

……と、いう具合に、千佳《ちか》の顔の話でしばらく盛り上がったあと。

駅でほかの乗客が乗り降りするのを眺めながら、結衣《ゆい》がぽつりと言った。

「やすやす先輩、『マショナさん』のオンエア観《み》てますよね？　どう思いました？」

もしかしたら、最初からこの話がしたかったのかもしれない。

あまり表立っては言えない話だが、彼女が口にしたくなるのもわかる。

一応、聞こえる距離に人がいないことを確認してから、口を開いた。

「まぁ、うん。予想と覚悟はしてたけど、結構アレな出来だった」

「ですよねぇっ！」

結衣《ゆい》はぐいっとこちらに顔を寄せてきて、こくこく頷《うなず》く。

そして、がっくりと肩を落とした。

「やすやす先輩には本音を言いますけど、正直悲しくなっちゃいました。クラスの友達も観《み》てくれたんですけど、明らかに気を遣ってて～……。『面白かったよ』とは言ってくれても、こう、奥歯にものが挟まった感じがすごいして！」

「あー……、まぁねえ……」

友達は友達で困ったはずだ。

クラスメイトが出ていると聞いて観《み》たのはいいものの、気を遣う感想しか言えないアニメだったのだから。

結衣《ゆい》は両手をぎゅう〜っと握り、それを軽く振って怒った声を出す。

「ひとり、クラスの男子が『ひでー作画だったな』ってニヤニヤしながら言ってきて！　ひどいこと言うなぁ！　って思っちゃいました！　なんであんなイジワルなこと言えるんですかね！　前からちょくちょく、なーんか嫌味言ってくる男子なんですけど！」

……いや、それは多分、あなたのことが好きなんでしょう。

こんなに可愛《かわい》くていい子が同じクラスだったら、なんでもいいから気を惹《ひ》きたくもなる。

結衣《ゆい》は頭をゆらゆらと揺らしながら、嘆くように続けた。

「特番も大丈夫かな〜って思っちゃいます。一話や二話ならまだしも、三話なんてご飯食べているだけの回だったじゃないですか〜。特に話せることないですよう」

彼女の懸念《けねん》は尤《もっと》もだ。

第三話はマショナたちが交流を深めるために、ご飯を作って食べるだけの回。

いろいろと間に合わず、苦肉の策で作ったというのが丸わかりの回だ。

まだ三話だというのに、助監督たちは既にいっぱいいっぱいらしい。

特番はおよそ一時間。二十分ちょっとのアニメを振り返るだけでも難しいのに、さらに内容がない回はどうすればいいのか。

「多分、そのうち総集編も入るだろうしねえ。1クールなのに」

「絶対入りますよー！　下手をすれば、二回！」

1クールアニメで総集編を二回挟むのはよっぽどだが、ないと言い切れないのが辛《つら》い。

結衣《ゆい》はやけくそ気味に喚《わめ》いていたが、今度は目を瞑《つぶ》って唇を尖《とが》らせた。

「贅沢《ぜいたく》なのは、贅沢《ぜいたく》なのはわかってますよ？　でも、夕陽《ゆうひ》先輩や、やすやす先輩が出てたファントムはすごかったじゃないですか。せっかく出させてもらえるなら、やっぱりいいアニメになってほしかったですよう」

「……………そうね」

由美子《ゆみこ》も結衣《ゆい》も、出演作品はそれほど多くない。

そうなるとやはり、出た作品に執着してしまう。

「いい作品になってほしい」と願ってしまう。

声優は出演作を選べない。

たびたび言われることだが、今回のような件ではより強く思う。

しかも、結衣《ゆい》は初めての主人公役だ。

初主演なんて、絶対に思い入れのある出演作になるはずなのに、お世辞にもいい作品と言えないのが可哀想《かわいそう》だった。

「…………」

そして、結衣《ゆい》は一度も「初主演の作品だから」とは言わない。

こちらに気を遣っているのか、いないのか。

もし気を遣わせているのだとしたら、そんな自分の立場が悲しかった。

……あぁダメだ、と軽く頭を振る。

こんなところでネガティブになってどうするんだ。

主役なんて、経験できない人のほうがよっぽど多いっていうのに。

「でも結衣《ゆい》ちゃん。あたしらのできることって、結局は演技だけだからさ。少しでもいい作品だと思ってもらえるよう、あたしらはそっちを頑張ろ。もちろん、特番も盛り上げてさ」

自分に言い聞かせるようにしながら、先輩ぶったことを言う。

すると、素直な結衣《ゆい》はぱっと表情を輝かせた。

ぎゅっと拳を握る。

「そうですね！　わたしたちが頑張れば、その分、いい作品になりますもんね！　今日の特番も盛り上げられるよう、頑張りましょう！　えいえいおー、です！」

周りを気にしながらも、結衣《ゆい》はちょっとだけ手を掲げた。

前向きで素直な彼女を見ていると、こちらまで元気になってくる。

そんな結衣《ゆい》がどこを見据えているのか知りたくなり、訊いてみた。

「結衣《ゆい》ちゃんは、こういう作品に出たい！　っていう目標、ある？」

由美子《ゆみこ》なら魔法使《まほうつか》いプリティア、千佳《ちか》は神代《かみしろ》アニメ、と憧れる作品がある。

彼女にもあるのなら、それはちょっと聞いてみたい。

すると、結衣《ゆい》はなぜかはにかんだ。

てへへ、と笑いながら、赤くなった頬を掻《か》く。

「……実は、もう叶《かな》ってまして。高橋《たかはし》は夕陽《ゆうひ》先輩と共演することが夢だったんです。一番尊敬する先輩と、いっしょに演じる。それが高橋《たかはし》の憧れでして」

恥ずかしそうに、そして嬉《うれ》しそうに語る。

その愛らしさに、思わず言葉が口を突いて出た。

「結衣《ゆい》ちゃんはかわいいねぇ……」

「な、なんですか、急に。や、やめてくださいよ……、か、からかうのは、なしです」

どうやら本当に恥ずかしがっているようで、顔を赤くして俯《うつむ》いてしまった。

その仕草にはきゅんとするが、それと同時に残念な気持ちにもなる。

「結衣《ゆい》ちゃん、こんなにも可愛《かわい》くていい子なのに、よりによってユウみたいな奴《やつ》に誑《たぶら》かされるなんてなぁ……。女の趣味悪いよね、ほんと」

「！　あ、あー！　やすやす先輩、すぐにそうやって夕陽《ゆうひ》先輩をバカにする！　す、すごい人なんですよ、格好いい人なんですよ、夕陽《ゆうひ》先輩は！　いいですか、あの人は――」

結衣《ゆい》は、ムキになって千佳《ちか》の良《い》いところを挙げていく。

演技がすごいとか、歌が上手《うま》いとか、格好いいとか。

そんなことは今更言われなくても、由美子《ゆみこ》はよーく知っている。

そして、同時に辛《つら》かった。

結衣《ゆい》のせいで千佳《ちか》は海で吠《ほ》えるくらい悔しさを覚え、今も苦しみもがいているのに、彼女は何も知らないのだ。


目的の駅で降りて、ほかの乗客とともに改札を抜けていく。

結衣《ゆい》とスタジオに向かっていると、彼女がこちらに顔を寄せてきた。

「ところでやすやす先輩。つかぬことをお聞きしたいのですが」

「なに？」

「夕陽《ゆうひ》先輩の好きなものって何か、教えてもらえませんか」

唐突と言えば唐突だが、彼女が尋ねたくなる理由はわかる。

それを結衣《ゆい》は自ら口にした。

「ほら。高橋《たかはし》、ちょーっとだけ夕陽《ゆうひ》先輩と嚙《か》み合《あ》わないことが、なくもないかなって」

「うん……、うん？」

ちょっとどころか、まるきり噛《か》み合《あ》っていないが、そこは流したほうがいいらしい。

結衣《ゆい》は力強く続ける。

「そこで！　もうちょっと距離を縮めるためにも、やすやす先輩に夕陽《ゆうひ》先輩の好きなものをお聞きしたいんです！」

「ユウの好きなもの、ねぇ」

もちろん、いくつか心当たりはある。

真っ先に思いつくのはロボットアニメだ。

しかし、結衣《ゆい》から追加の注文が入った。

「あ！　もちろん、夕陽《ゆうひ》先輩のロボット好きは知ってますよ？　そういう、ファンなら知ってるやつじゃなくて、こう、やすやす先輩だから知ってるような、アンオフィシャル的な？　夕《ゆう》陽《ひ》先輩が『なかなか見所あるわね』って高橋《たかはし》を見直すようなやつがいいです！」

「注文がやかましいな……。結衣《ゆい》ちゃん、ユウのことになると途端に厄介勢になるよね……」

そんなのあるか？　と再び思い浮かべる。

次に出てきたのは、食べ物だ。

オムライスやミートソースやコロッケなど、千佳《ちか》は子供っぽい食べ物を好む。

すると、結衣《ゆい》はさらに注文を重ねた。

「あ、食べ物もやめてくださいね。知ってますから。やすやす先輩が作ったオムライスやいっしょに食べたコロッケの話もそうですけど、コーコーセーラジオで食べ物の話をするとき、夕《ゆう》陽《ひ》先輩の声って半音上がるんですよ。あ、好きなんだな、って思います。そういうラジオ聴いてればわかるもの以外がいいです」

「こわいこわいこわい。やめて、半音上がるとか言うの。前言撤回するわ。ユウの話をしてるときの結衣《ゆい》ちゃん、ちょっとキモい」

「きっ……！　や、やすやす先輩っ！　言っていいことと悪いことがありますよっ！」

珍しく本気で怒ったようで、結衣《ゆい》は顔を真っ赤にして声を張る。

いやでも、キモいし……。

結衣《ゆい》はかなりショックだったようで、「キモい……、え、キモい……？」と呟《つぶや》いていた。

というかそもそも、訊《き》く相手が間違っている。

「大体、あたしに訊《き》くのがおかしいよ。結衣《ゆい》ちゃんのがよっぽどユウに詳しいじゃん。でもあれでしょ、あたしがユウのことをよーく知ってる、って結衣《ゆい》ちゃんは思ってんでしょ」

自然と、ため息が漏れ出た。

「よく誤解されるから言っておきたいんだけど。別にあたしとユウは仲良くないからね。むしろ悪いから。最近やたらと仲良しみたいな目で見られて、本当迷惑してるっつーか」

周りの目が、どんどん微笑《ほほえ》ましいものを見るような目に変わっている。

ＤＶＤ企画の修学旅行ではそう見えるよう誘導していたけれど、あれはあくまでリスナー向けのパフォーマンスだ。

関係を誤解しないでほしい。

すると、結衣《ゆい》は小さく首を傾《かし》げた。

「別にそういうことじゃないですよ？　ふたりは一年もいっしょにラジオやってますし、同じクラスじゃないですか。ならきっと、好みも知ってるかなって！　他意はないです！」

「…………。あぁそう。うん。わかってるなら、いいけど。うん」

この子、実は物凄《ものすご》く邪悪なんじゃないか？

思わず邪推してしまったが、当然そんなことはなく。

こちらが勝手に自爆しただけだ。

ごほん、と咳《せき》ばらいをしてから、三度《みたび》、千佳《ちか》の好きなものを思い描く。

公表していないもので、千佳《ちか》が好きなものと言えば……。

おっぱい？

「結衣《ゆい》ちゃんって、おっぱいあるほう？」

「いきなりなんですか？　あんまりないですけど……」

結衣《ゆい》は不思議そうにしながらも、上半身を手でなぞる。

そこにはあまり大きな膨らみはない。

ないけれど、千佳《ちか》よりはあるんじゃないか？

「いや、あいつおっぱい大好きだから。揉《も》みますか？　って言えば、きっと食いつくよ」

「え、ほんとですか。じゃあ高橋《たかはし》、今日夕陽《ゆうひ》先輩の前でおっぱい出します」

「いや、ごめん。さすがのあいつでも、いきなり後輩におっぱい出されたら、普通にドン引くと思うわ……」

結衣《ゆい》ならば本当にやりかねない……。

あまりいい加減なことを言うのはやめよう……。

すると、脊髄反射で話していた結衣《ゆい》が、ん？　と首を傾《かし》げる。

「……え。ちょっと待ってください。やすやす先輩、揉《も》ませたことあるんですか？　夕陽《ゆうひ》先輩に？　自分の胸を？」

「……………………。ううん？　そんなことあるわけないけど？」

「や、ですよねえ。びっくりしました。どういう状況？　って思いました」

ほっと息を吐く結衣《ゆい》から、そっと目を逸《そ》らす。

すると、逸《そ》らした視線の先に千佳《ちか》を見つけた。

駅からちょうど出るところで、たくさんの人の中に見慣れた背中がある。

普段なら声なんて掛けないが、今は結衣《ゆい》がいる。

結衣《ゆい》に教えてあげたほうがいいだろうか。

でも、千佳《ちか》は結衣《ゆい》のこと苦手だしなぁ、と考えていると、結衣《ゆい》が首を傾《かし》げた。

「？　どうしたんですか、やすやす先輩。だれかいるんですか？　……あっ！」

気付いてしまった結衣《ゆい》が、わーっと声を上げた。

止める間もなく、駆け出してしまう。

「夕陽《ゆうひ》せんぱーい！　おはようございまーす！」

「ぐえっ」

結衣《ゆい》に後ろから抱き着かれ、あわや倒れそうになる千佳《ちか》。

ふたりはそれほど体型が変わらないから、体当たりされたら辛《つら》いだろう。

案の定、千佳《ちか》は引きつった顔で振り向いた。

「……あの、高橋《たかはし》さん。何度も言っているけれど、過度なコミュニケーションはやめて頂戴……。あと、離れて……」

「きゃー！　夕陽《ゆうひ》先輩、かわいいー！　私服も髪型もかわいいー！　めっちゃラブリーです！すきー！　高橋《たかはし》といっしょに写真撮ってください、写真！」

「あぁもう……」

千佳《ちか》はうんざりしながら、抱き着く後輩から顔を逸《そ》らしていた。

今日の千佳《ちか》は髪を編み込み、可愛《かわい》らしくメイクもしている。

声優・夕暮夕陽《ゆうぐれゆうひ》の姿だ。

大きめのパーカーを着ているので、黒のスキニーパンツがだいぶ隠れている。シンプルなのにとてもかわいい。ちょっとあざとい感じがまたよかった。結衣《ゆい》が興奮するのもわかる。

でもちょっと、興奮しすぎな気もする。鼻息が荒い。

「今日の夕陽《ゆうひ》先輩、ほんっとかわいいです。めっちゃときめいてます。ほんっとに、ほんっとに、かわいい。すき」

「あぁそう、どうも……。わかったから、そろそろ離してくれない……？　いや、本当に、ちょっと、そろそろ、離して、あ、待って、力強《つよ》っ！　ちょ、力強い！　は、離しなさい！」

「えへ……、夕陽《ゆうひ》先輩と高橋《たかはし》ってあんまり体型変わらないですけど、高橋《たかはし》のほうがぜんぜん力ありますね。外れないですよー……。先輩、案外力弱いなぁ……、かわいい……」

「こわいこわいこわい！　絶対今のかわいいは今までのニュアンスと違うじゃない！　こわい！　力が強いのがよりこわい！　あ、本当にまずい領域に来ている気がする……！」

何やら、結衣《ゆい》がこじらせ始めている。

関わるのもややこしくなる気がして、そっと立ち去ろうとした。

「あ！　ちょ、ちょっと佐藤《さとう》！」

しかし、千佳《ちか》に見つかってしまった。

結衣《ゆい》をずるずる引きずりながら、大股で近付いてくる。

「この子、なんとかして！　こういう陽の輩《やから》はあなたの担当でしょう！　自分たちの縄張りから出さないで頂戴！」

「はー？　なんで渡辺《わたなべ》にそんなこと言われないといけないの。大体、結衣《ゆい》ちゃんってあんたの事務所の後輩でしょ。先輩らしいことしてあげたら。あ、先輩らしいことがわかんない？」

「出たわ。あなたのそういうところ、本当に嫌い。あなたたちみたいな人種は、陽を撒《ま》き散《ち》らすだけ撒《ま》き散《ち》らして、最終的に無責任だから嫌なのよ！　世話ができないなら飼わないで！」

「あー！　やすやす先輩ずるい！　夕陽《ゆうひ》先輩、高橋《たかはし》とも！　高橋《たかはし》ともケンカしてくださいよー！　ねー！」

ぎゃあぎゃあと騒いではいるものの、空気は悪くなかった。

第一話のアフレコ、海での出来事があったあとでも、千佳《ちか》は結衣《ゆい》への態度を変えていない。

正直に言えば、ヒヤヒヤしていた部分はある。

千佳《ちか》は千佳《ちか》で気難しい性格であるから、結衣《ゆい》に対しての感情を何らかの形で出してしまうんじゃないかと。

しかし、アフレコでも今日みたいな収録でも、特に変化は見られなかった。

「安心した」と正直に伝えると、千佳《ちか》は鼻を鳴らしてこう返事をした。

「仕事の話、役がどうのという話で、態度を変えるわけないでしょうに。そんな大人げないことはしないわ」

あたしがファントムに受かったとき、露骨に不機嫌になったのはどこのだれでした？

そう思ったものの、口にはしないでおいた。

千佳《ちか》は結衣《ゆい》に困っているものの、関係自体は以前と同じだ。

そのことにほっとしつつ、三人でスタジオに向かった。


特番は、割と上手《うま》くいったと思う。

もちろん作画には触れないし、第一回だから話せる内容が多い、というのもある。

しかし何より、結衣《ゆい》のキャラクターがよかった。

「そうなんですよ！　最初はマショナも静かな子なんです！　でもバーン！　ってなるじゃないですか！　ドドドってなって、バーンのシーン！」

「ぜんぜんわかんないんだけど。リズムがいいのだけは伝わる」

「ここまで解説が下手な子を初めて見たわ」

そんなやりとりをすると、スタジオがスタッフたちの笑いに包まれた。

身体《からだ》を大きく使い、元気よく話す結衣《ゆい》は可愛《かわい》らしく、見ている人に活力を与える。

由美子《ゆみこ》とはまた違った陽の人間で、裏表のない明るさが周りを照らしていた。

コメントの反応も上々で、結衣《ゆい》がいつの間にか話の中心になっている。

……柚日咲《ゆびさき》めくるとも異なる、天性のトークスキル。

決して話は上手《うま》くないのに、惹《ひ》きつける魅力がある。

ただ、『マショナさん』は作画崩壊で話題になり、面白半分でこの特番を観《み》ている人も多いようで、コメントの治安はあまりよくない。

スタッフが対応しているようだが、批判的なコメントは増え続けていた。

そこだけは残念だったが……、結衣《ゆい》が千佳《ちか》の隣で楽しそうにしているのは、救いがあった。

番組の途中でPVや次回予告を流すパートに入り、一度、こちらの映像が切れる。

一息ついていると、隣の結衣《ゆい》が妙にふにゃふにゃとした笑みを浮かべていた。

彼女にそっと耳打ちする。

「どしたの、結衣《ゆい》ちゃん。そんな嬉《うれ》しそうにして」

「え？　あぁ、だってやすやす先輩。観《み》てくださいよぅ」

声を抑えながら、結衣《ゆい》がモニターを指差す。

今の三人を映し出しているモニターだ。

今も、結衣《ゆい》が指を向ける姿が映っている。

「高橋《たかはし》、今、夕陽《ゆうひ》先輩の隣に座っているんですよ。ちゃんと、声優の姿の夕陽《ゆうひ》先輩と。それを観《み》てたら、なんだか嬉《うれ》しくなっちゃって。すごいな〜って」

緩んだ表情で、そんなことを言う。

憧れの先輩といっしょに仕事ができて嬉《うれ》しい。

その気持ちはよく理解できるけれど、その感情を向けられる先が千佳《ちか》というのが、なんだか

「結衣《ゆい》がどうかしたの？」

いや、その、ゆいを見ていると、不思議な感じがした。

「結衣《ゆい》ちゃんは、本当にユウのことが好きだねぇ……」

しみじみ言うと、結衣《ゆい》はニコニコしたまま頷《うなず》く。

そして、次回予告も終わり、こちらに映像が戻ってくる……、というタイミングで、結衣《ゆい》が小声で囁《ささや》いた。

「もちろん、やすやす先輩も大好きですよ。いっしょに仕事できて、嬉《うれ》しいです」

にこっと太陽のような笑顔を見せて、前に向き直る。

どうにも彼女は、人たらしな子だ。

キャストの人間関係は良好だが、依然として収録現場は厳しい状況が続いている。

『マショナさん』の収録スタジオに来ると、相変わらずスタッフ陣がバタバタと忙《せわ》しなく、助監督には開口一番こう言われた。

「す、すみません、第四話の最後のシーン、録《と》り直《なお》しからやらせてください。尺の関係でちょっと問題が出まして……、本当にすみません……」

そう言って、以前の収録分を録《と》り直《なお》したり。

ボロボロの脚本家が飛び込んできたと思ったら、台本を掲げてこう言うのだ。

「すみません！　台本が変更になりました……！　まだ録《と》ってないですよね……？　ごめんなさい、変更させてください……！　差し替えの紙を……、持ってきたので、これを……！」

助監督といっしょにあわあわしながら、台本を見直すこともあった。

毎回毎回、その場しのぎの部分が出ている。

あとになって問題が発生し、慌てて修正する……、といった状況が多発していた。

彼女らもギリギリでやっているのだから、仕方ないかもしれないが。

練習したセリフや、せっかく録《と》ったセリフが頻繁になくなるのは、なかなかに堪《こた》えた。

「本当に申し訳ないです……。オリジナル展開といえど、きちんと原作を尊重した作品を作りたくて……」

助監督たちがそう頭を下げるのだから、こちらとしては何も言えない。

「日比野《ひびの》さん、やっぱりあのオリキャラを使うのは厳しくありませんか……」

「でももうキャラビジュアルは発表されていますし、出すからには意味のある登場を……」

今も調整室の端でぼそぼそと話し合っている。

少しでも良くしよう、と努力する姿に尊敬の念を抱く。

しかし声優としては、気を付けるべき場面も多かった。

「つまり、わたしたちは蚊帳《かや》の外ってことかしら？　マショナちゃんもシールちゃんもぉ？」

千佳《ちか》の演じるクラリスが口を開き、それに由美子《ゆみこ》のシールも続く。

「おいおい、あたしたちは置いてけぼりかよぉ。……そりゃねーんじゃねーの、先生さぁ」

マイクの前で、しまった、という表情をしてしまう。

……失敗した。

ここのシールは、不満半分、野次半分くらいの、投げやりな演技を要求されている。

原作でもそういうシーンは多く、彼女がからかうように野次るのはいつものことだ。

けれど、感情の配分を間違えた。

不満の感情が多い。これではやさぐれているように聞こえる。

しかし。

『はい、OKです。次のシーンをお願いします』

相変わらず落ち着きのない調整室から、そんな声が届く。

目を向けると、資料を両手にいっぱいいっぱいになっている、音響監督が見えた。

すぐそばで、脚本家と話し込む助監督の姿もある。

由美子《ゆみこ》は慌てて、さっと手を挙げた。

「す、すみません。今の、リテイクお願いしていいですか。思ってた演技ができなくて……」

異議を申し立てると、音響監督が『えっ』と声を上げた。

『いや、特に問題は、ない、と思うんですが……』

「本当にすみません。このままだと、シールのイメージが崩れちゃいそうで……。リテイクさせてください。みなさんもすみません」

調整室に頭を下げたあと、周りにもぺこぺこと謝る。

大きく間違えたわけではない。違和感はあっても、それはわずかなものだ。

でもきっと、普通の現場ならリテイクが出た。

もちろん、最初から満点の演技ができない自分が悪いのは重々承知だ。

けれど、自分が「違う」と思った演技が通るのは避けたかった。

……新人が多いうえに、出演声優が少ない現場でよかった、と思う。

ファントムのように周りがベテランだらけだったら、さすがにこんな主張はできない。

まぁ杉下《すぎした》音響監督なら、きっとこちらが何か言う前にディレクションするだろうけど。

「すみません。わたしからもお願いします。わたしも、リテイクさせてほしいです」

手を挙げたのは、千佳《ちか》だ。

別に由美子《ゆみこ》を援護したいわけではなく、彼女もやり直したいのだ。

千佳《ちか》も少しだけ演技がよれた。

本当にわずかな差ではあるけれど——、いつものクラリスはもう少しだけ間延びし、鼻にかかった話し方をする。

少しとはいえ、引っかかる部分があったのは確かだ。
きっと、満点の演技ではない。
それは、横で聴いていてもわかった。
『……わかりました。では、リテイクで』
助監督と目配せしたあと、音響監督が頷《うなず》く。
由美子《ゆみこ》はすぐに頭を下げて、周りのキャストにも再び詫《わ》びた。
だれも嫌な顔をしないのが救いだった。
そのあとも、由美子《ゆみこ》と千佳《ちか》は何度か自分からリテイクを申し出た。
限られている中で、精いっぱいやりたい。
焦《あせ》っているスタッフ陣からは嫌がられるだろうが、こっちも必死だ。
どんな現場であろうと、厳しい状況だろうと、クオリティは下げられない。
すぐ隣には、千佳《ちか》さえも容易《たやす》く超えた新人がいる。
だというのに、自分たちが「あぁ失敗した」と思った演技でいられるものか。
こんなところで、気を抜いてはいられなかった。

しかし。いろいろと問題が山積みで、ちょっと疲れてしまった。

悩み事が多い。

考えなければならないことが多い。

頭がパンクしそうなほど同じことをグルグルと考えていると、脳がぐったりしてくる。

それではいい考えも浮かばないし、迷いも晴れないのではないか。

そう考えた由美子《ゆみこ》は、少し休憩することにした。

仕事もなく、学校も休みのとある日曜日。

その日をめいっぱい使って、由美子《ゆみこ》はひたすら無心になれる作業に没頭した。

溜《た》まった食器をすべて洗い、シンクをピカピカに光り輝かせ、部屋の隅まで掃除機をかけ、積み重なった洗濯物も洗って干して収納し、風呂《ふろ》もトイレも気持ちいいくらい綺麗《きれい》にした。

冷凍できる料理を大量に作り、すべてタッパーに押し込んで冷凍庫にぶち込む。

そして、今は餃子《ぎょうざ》をひたすらに包んでいた。

「……えっと。あの。やすみちゃん？」

声を掛けられ、顔を上げる。

作業に没頭しているうちにすっかり日が落ちて、部屋には照明がついていた。

朝来たときには足の踏み場もなかったのに、今は埃《ほこり》のひとつも落ちていない。

部屋の主である朝加美玲《あさかみれい》は、さっきまでデスクでキーボードを叩《たた》いていた。

いつもと同じ、スウェットにすっぴん、前髪をゴムで留めたおでこ丸出しの髪型で。

朝加《あさか》は気まずそうに、由美子《ゆみこ》の手元を指差した。

「なんだかたくさん作ってるけど……、わたし、そんなに食べられないよ？」

言われて皿を見ると、餃子《ぎょうざ》の山がこんもりできている。

せっせと無心で作っているうちに、いつの間にかこんなことになっていた。

確かに、作りすぎたかもしれない。

とはいえ、まだ餡《あん》と皮は残っているので、残りも包んでしまう。

「残った分は冷凍しておけばいいからさ。ちょっと面倒かもだけど、焼いて食べてよ」

「うん……、それは、ありがとう、なんだけど。それにしても、どうしたのやすみちゃん。なんだか今日は、鬼気迫るっていうかさ。『頼むから家事をやらせてくれ』ってうちに来たときは、どうしたんだろう、と思ったけど」

朝加《あさか》はこちらを心配そうに窺《うかが》っている。

何かあった？　と顔に書いてあった。

最後のひとつを包み終え、ぷふーっと息を吐く。

「ちょっと悩み事が多くてさあ。なんかもー、わーってなっちゃって。一回休憩したくなって、朝加《あさか》ちゃんの家にお邪魔したの」

「それでうちに来るのがよくわからないんだけど」

「家事やってるときが一番落ち着くからさー。朝加《あさか》ちゃんちに来れば、絶対家事溜《た》まってるじやん。それを崩すのが、あたしなりのストレス解消というか」

「うちへの信頼は不名誉だけど、否定できないからなぁ……」

朝加《あさか》は苦笑しながら、テーブルの前に着席する。

餃子《ぎょうざ》の山を見つめながら、口を開いた。

「今回も随分と綺麗《きれい》にしてもらっちゃったけどさ。そんなに溜《た》まってたの？　いや、家事じゃなくて、鬱憤とかそういうの」

落ち着いた声色で問いかけてくれる。

朝加《あさか》も仕事が溜《た》まっていたらしく、日中は何も聞かずにモニターとにらめっこしていた。

どうやらそれも、一段落したらしい。

それならば、聞いてもらいたい。

「溜《た》まってたのはもちろんだけど、家事をやれば朝加《あさか》ちゃんがゆっくり話を聞いてくれるかな、って下心もあった」

「これだけしてもらってるんだから、いくら話を聞いても足りないくらいだよ。それで？　どうしたの」

やわらかな声でそう言ってくれる。

童顔なのに大人びた表情の彼女に、己の心情を伝えた。

進路についての相談だ。

するると、彼女はふぅんと呟《つぶや》き、唇を指で押していた。

「大学かぁ……。うーん、どうだろうね。わたしが見ていた子はどっちもいたけど、みんな声優業にそれほど影響はなさそうだったからねえ。声優としてどうっていう話は、わたしにはわからないけど……」

放送作家の彼女は、また違った視点で意見をくれそうだ。

一度言葉を区切ったあと、ゆっくりと口を開く。

「ラジオパーソナリティとしてなら、大学に行くのはいいことだと思うよ」

「パーソナリティとして？　え、なんか特別な講義でもあるの？」

とても放送作家らしい発言だったが、意図はわからない。

すると彼女は、やさしく微笑《ほほえ》みながら首を振った。

「そうじゃなくてね。大学生になれば、大学生の視点を持つことができるでしょ。バイトでもサークルでも何でも、やればそこにいる人の視点を持てる。大学生のリスナーに共感することも、違う視点から意見を言うこともできる。ひとつの事柄に対して、いくつもの視点を持てるのって、パーソナリティにとっては大事なことなんだよね」

それは、ほかの人とはまた違った考え方だった。

視野を広げる、とでも言おうか。

ラジオで話す際、視野は広ければ広いほどいいし、引き出しは多いに越したことはない。

「……今のあたしだと高校生とか、声優とかの視点しかないもんね」

「そうそう。今のやすみちゃんには、大学生としての意見は言えない。だけど、大学生になればそれができる。大学は特に、経験を増やそうと思えばいくらでも増やせる場だから。代わりに、自分が動かなければ何も起きないけど……、ま、そこはやすみちゃんには心配いらないと思うし」

そういうものらしい。

大学進学は学歴のためであって、別のものを得る発想はなかった。

パーソナリティとしてプラスになる、という考え方は新鮮だった。

思いつかなかっただけで、大学進学が『声優として』プラスになることもあるのだろうか。

「今のわたしだって、〝元大学生〟〝放送作家〟の視点からものを言ってるわけだし。代わりに、〝声優〟としての意見は言えないけど」

わかりやすい例を言ってくれる。

これがラジオでの質問メールだったら、と考えるととても想像しやすい。

それに加えて、朝加《あさか》はちょっとだけ照れくさそうに鼻を掻《か》いた。

「あとは、まぁ、そうだね。わたしが放送作家になったのって、大学での経験がきっかけだから。人生に大きく影響を与えたって意味でも、大学は個人的に思い入れがあるんだよね」

「ええ、なにそれ。聞きたい聞きたい。めちゃくちゃ大きな出来事じゃん。教えてよ」

脱線しているような、そうでもないような会話を重ねていく。

そのうち、朝加《あさか》はこう話を締めくくった。

「やすみちゃんは進学してもしなくても、その先の進路は同じなわけでしょ。だったら、人生経験として大学に行くっていうのは、お金と時間を費やす価値があると思うな。パーソナリティに限らず、プラスになることはきっとたくさんあるよ」

とても興味深い話だった。聞いてよかった、と素直に思う。

新しい視点をくれた朝加《あさか》に、ぺこりと頭を下げた。

「ありがと、朝加《あさか》ちゃん。すごく参考になったよ。さすが」

「いえいえ、こちらこそ。部屋を綺麗《きれい》にしてもらったわけだし……、いや、あの、本当、ありがとうございました……。こんなに綺麗《きれい》にしてもらって……、頭が上がりません……」

さっきまでとても大人っぽい振る舞いをしていたのに、どんどん小さくなってしまう。

今の部屋だからこういうことが言えるけれど、汚部屋のままだったら彼女も話しづらかったかもしれない。

こういう姿も朝加《あさか》らしい、と笑ってしまう。

「よし朝加《あさか》ちゃん。そろそろ餃子《ぎょうざ》パーティといこっか。いっぱい作っちゃったからさ、いっぱい食べてよ」

「いやぁ本当にたくさんあるねぇ……。冷凍のストックが増えるのは嬉《うれ》しいけど……、餃子《ぎょうざ》ってレンジじゃ無理だよね……？」

「さすがにそこはフライパン使ってよ。焼いたらすぐ食べられるよ？」

「フライパン使うなら、一回しか食べられないじゃん……」

「なんで洗わない前提なんだ。洗剤にアレルギーでもあんの？」

朝加《あさか》に呆《あき》れつつ、食事の準備を始める。

今日一日、家事に精を出したおかげで頭もすっきりしたし、別の考え方も教えてもらえた。

それに、待っているのは辛《つら》いことばかりではない。

楽しみで仕方がない仕事だって、まだまだあるのだ。


比べてはいけないとは思うが、落ち着いた現場に来るとほっとする。

「おはようございますー」

「おー、歌種《うたたね》さん。久しぶりー」

「あの回以来かー。や、よかったよ、シラユリ回。オンエアで観《み》てびっくりしちゃった」

ブース内で、懐《なつ》かしい顔ぶれに挨拶する。

自然と笑みがこぼれた。

調整室で作業しているスタッフも落ち着いたもので、神代《かみしろ》監督も杉下《すぎした》音響監督も以前と変わりない。

久しぶりにシラユリを演じるが、腑抜《ふぬ》けた演技をすればすぐにディレクションが飛んでくるだろう。

そう信頼できるのが嬉《うれ》しかった。

今日は、『幻影機兵《げんえいきへい》ファントム』のブルーレイ特典映像の収録日。

由美子《ゆみこ》は、シラユリが散った回以来の収録だ。

久々のファントムということもあり、しっかりと気合が入る。

「あ」

残念ながら大野《おおの》は今回の収録にいないが、もうひとりの憧れの声優は参加している。

ブースの端っこに、ちょこんと座っていた。

いつもと同じ、黒色のワンピース。

腰まで伸びた、驚くほどさらさらの髪。

二十代で時間を止めてしまったかのような、若々しい美麗な顔立ち。

彼女を見て、四十代後半だと思う人はいないだろう。

その容姿、演技力、変わった性格から、もしかしたら彼女は人間ではないんじゃないか。

そんなふうに噂《うわさ》される、圧倒的な実力を持つ声優。

プリティア初代主人公役——、森香織《もりかおり》がそこにいた。

「森《もり》さん、おはようございます」

森《もり》の前に立ち、挨拶をする。

彼女はゆるりと顔を上げて、少しだけ頭を動かした。

「おはよう」

それだけ言うと、持っている台本に視線を戻した。

そのそっけない態度もいつもどおり。

なので、今日はもうちょっと踏み込んでみる。

「森《もり》さん森《もり》さん。今日、収録終わったらご飯行きませんか？」

由美子《ゆみこ》が隣に座ってそう声を掛けると、ブース内の空気がサーッと変わる。

露骨に視線を向けることはないが、周りの人たちは明らかに様子を窺《うかが》っていた。

その空気を声にすると、「断られるのがわかってるのに、よく誘うなぁ」というもの。

いやいや、わかっている。

森《もり》は、ほぼ間違いなく誘いを断る。

森《もり》がだれかとご飯に行く姿なんて、大野《おおの》以外に見たことがない。

ファントムの収録中はそれどころじゃなくて誘わなかったが、由美子《ゆみこ》は過去二度、同じ現場になったときに誘ったことがある。

「ご飯行きませんか？」

「行かない」

即答であった。二回とも。

それは別の声優が誘っても返事は同じだったし、先輩声優相手なら「行かない」が「行きません」に変化するくらい。

森が番組の打ち上げにも飲み会にも顔を出さないのは、業界でも有名だ。

そのせいで今も、気まずい視線がちらちらと向けられている。

すげなく断られるのに、なんでわざわざ、と。

しかし由美子《ゆみこ》からすれば、それらは誘わない理由にはならない。

「…………」

森《もり》は再びゆっくりと顔を上げ、眠たげな目でこちらを見た。

さらりと髪が揺れるのを眺めていると、彼女はぽつりと言う。

「いいよ」

「えっ」

その声を出したのは、由美子《ゆみこ》か、周りの声優か。

驚きのあまり、すぐに返事ができなかった。

すると、森《もり》はゆるりと首を傾《かし》げる。

「だから、ご飯。行かないの？」

「……あ。いや！　行きます！　行きます行きます！　えー、やった。わー、嬉《うれ》しいです！　じゃあ、アフレコ終わったら行きましょう！」

思わず、弾んだ声で言葉を畳みかけてしまう。

彼女は無表情のまま、少しだけ頭を動かした。頷《うなず》いたのかもしれない。

「おはようございます」

そのタイミングで、千《ち》佳《か》が挨拶とともに入ってきた。

浮かれた由美子の近くにやってくる。

「おー、わたな……、ユウ！　おはよう！」

陽気に声を掛けると、彼女は嫌そうに眉を顰《ひそ》めた。

「なに。何を浮かれているの、あなた。気持ち悪いわね……」

初《しょ》っ端《ぱな》からご挨拶だが、何を言われても気にならない。

憧れの先輩声優とご飯に行ける。

まさか応じてくれるとは思っていなかったので、はしゃぐ心を抑えられなかった。


アフレコは、問題なく終了した。

スタッフやほかの声優に挨拶してから、早速森《もり》に声を掛ける。

彼女は帰る準備をしていたが、視線をふっとブースの外に移した。

「トイレに行くから、少し待っていてくれる？」

「あ、わかりました。じゃあ、廊下にいますね」

気が変わったり、忘れていたらどうしようかと思っていたが、大丈夫そうだ。

森《もり》を廊下で待つ。

やった、やった、森《もり》さんとご飯だ。何の話をしようかなー。

鼻歌まじりで浮かれていると、ブースから千佳《ちか》が出てくる。

そばに立つ由美子《ゆみこ》に気付き、怪訝《けげん》な表情を浮かべた。

「佐藤《さとう》……。こんなところに突っ立って、何をしてるの？」

「ん。人待ち。お姉ちゃんは、お父さんと話してたわけ？」

こちらの指摘は、どうやら図星だったらしい。

千佳《ちか》は頬を少しだけ赤くして、ぷいっと視線を逸《そ》らした。

「えぇそうだけれど？　だからなに？　別にいいでしょう、父親と話すくらい。だれにも迷惑を掛けてないいんだから」

「別に悪いとは言ってないけど。にしてはお早いお帰りで。もう話はいいの？」

「忙しいんだって。今日は帰りなさいって言われたわ」

ため息を吐《つ》く。

そこで千佳《ちか》は、ちらりとこちらを見た。

「それで？　あなた、妙にご機嫌だけれど。何かあったの？」

あまり突っかからなかったせいか、そんなことを尋ねられる。

自慢するようで言いづらいが、訊《き》かれてしまっては仕方がない。

にやつきながら答える。

「いや、実はね。森《もり》さんとご飯行く約束してて。今、待ってんの」

「え、嘘《うそ》。森《もり》さんが？　あなたとご飯？　え、本当に？」

千佳《ちか》も驚いている。

しかし、すぐに呆《あき》れたような表情に変わった。

「あぁ、わかった。わかったわ。あなた、しつこくご飯行きましょうって押しまくって、無理な合意を取ったんでしょう。根負けして買わせるタイプの営業ね」

「人の誘いを悪徳商法扱いすんのやめてくんない？」

「佐藤《さとう》のやり方は他人に多大な迷惑を掛けるのに、法で裁けないから厄介よね……。森《もり》さんは泣き寝入りしてご飯に行くしかない。あぁなんてこと……、一刻も早く法整備すべきよ……、国は何をしているのかしら」

「ちょっと……、イジワルすんのやめてよ……、不安になってくるじゃん……」

……なんだか怖くなってきた。

え、しつこくなかったよね？　めんどくせー、と思われたわけじゃないよね……？

「お待たせ」

心配していたら、森《もり》がトイレから戻ってきた。

あぁ本当に行くんだ、と千佳《ちか》は目を丸くしている。

千佳《ちか》がそばにいるのを見て、森《もり》はゆっくりと首を傾《かし》げた。

慌てて、千佳《ちか》が口を開く。

「あ、さと……、やすが森《もり》さんとご飯に行くと聞いたので……、ちょっとびっくりしました」

何を言うべきかわからなかったようで、変に言い訳じみたことを述べている。

しかし森《もり》は、それよりもおかしなことを口走った。

「夕暮《ゆうぐれ》さんもいっしょに行く？」


……と、いうわけで。

由美子《ゆみこ》、千佳《ちか》、森《もり》という、不思議な三人組でスタジオを出た。

「……あんた、なんでついてきてんの。収録終わりにみんなでご飯！　とか小ばかにするタイプでしょうが。根暗の矜持《きょうじ》を守んなよ」

「うるさいわね。わたしだって、森《もり》さんの話は聞きたいわよ。あなたこそ陽の者らしく、わたしを歓迎して盛り上げ役の道化に徹したら？」

森《もり》の後ろで、肩で押し合いながら言い争う。

森《もり》が千佳《ちか》を誘ったのには驚愕《きょうがく》したが、千佳《ちか》がそれに応じたのも驚いた。

結果、三人でご飯を食べに行くことになっている。

なんというか、複雑な気分だ。

驕《おご》っている、と思われたくないので口にはしないが、森《もり》は歌種《うたたね》やすみを多少は買ってくれている気がするのだ。

ファントムの収録での一件もあるし、ハンカチもくれたし、今回の食事だってそうだ。

森《もり》に気に入られたかも……、とひとりでドキドキしていた。

しかし、千佳《ちか》もいっしょに来るとなると、独り占めの優越感を取られた気分。

でも、もし森《もり》が千佳《ちか》を気に入っているとしたら――、それは、ちょっと嬉《うれ》しいのだ。

自分の尊敬している声優が、さらに尊敬している声優から認められていたら、それはやっぱり……、嬉《うれ》しいだろう。

「何か食べたいもの、ある？」

先行していた森《もり》が唐突に振り返った。

既に時刻は夜に差し掛かっており、足早に駅に向かう人も多い。

少し歩けば飲食街もあるし、駅も近い。

しかし、食べたいものがあるかと訊《き》かれたら。

「あたしは、何でも。森《もり》さんが普段行ってるお店とか、行ってみたいです」

「わたしも特に希望はないです」

同じ答えを述べる。

すると、森《もり》はさらさらの髪を揺らした。

「本当に、わたしが普段行っている店で、いいの？」

「もちろんです。行きたいです！」

森《もり》はこくりと頷《うなず》いた。

そのまま、行き先を告げずに歩き出す。

いったい、森《もり》は普段どんな店で、どんなものを食べているんだろう。

私生活に謎が多い人なので、単純に彼女を知ることができるのは嬉《うれ》しかった。

わくわくしながら、森《もり》のあとをついていく。

そして。

森《もり》に連れられた先は、由美子《ゆみこ》もよく知っている店だった。

「『お腹《なか》いっぱい食べ太郎』……、え、森《もり》さん、ここですか？」

特徴的な形の店の前で、森《もり》は「ここ」と指を差している。

『お腹《なか》いっぱい食べ太郎』とは！

低価格を売りにした、食べ放題のお店である！

豊富な種類の焼肉、寿司《すし》を中心とし、サラダ、総菜、ご飯物、麺、スープ、スイーツ、といった数百種類のメニューが取り放題。ずらりと並んだ料理の数々は、それだけで圧巻だ。

だというのに、大人でも二千円ちょっとで食べ放題、と財布にもやさしい。

特に家族客や、お金のない学生に重宝されている。

由美子《ゆみこ》も学校の打ち上げや友達との集まりで、何度か来たことがある店だ。

しかし、森《もり》くらいの年齢の女性が来る店としては、意外なような……。

「森《もり》さんって『お腹《なか》いっぱい食べ太郎』、よく来るんですか？」

率直に尋ねる。

すると、アフレコ以外ではあまり動かない森《もり》が、珍しく張り切るようなポーズをした。

「よく来る。とても楽しい」

「楽しい……、いや、ま。楽しいですけど。へぇ～……。大野《おおの》さんと食べに行くときは、この店でー、とか？」

「いいえ。大野《おおの》は『なんでこの歳《とし》で、あんなところで酒飲まなきゃいけないんだ』って言って付き合ってくれない。だからいつもは、ひとりで来てる」

「ひ、ひとりでですか」

ひとりで来るとなると、より珍しいような……。

ただ、元々森《もり》は周りにどう思われていようと興味がない人だ。

行きたいから行く。きっと、ただそれだけなんだろう。

それがなんだか、とても森香織《もりかおり》っぽくて、ちょっと嬉《うれ》しくなってしまった。

森《もり》が店の中に入っていくので、それに続く。

程よく混んでいて、広い店内に子供の笑い声が響いていた。

学生や家族で来ている客がほとんどで、楽しそうに肉を焼いていたり、所狭しと並べられた料理を前に迷う姿があった。

「さ、佐藤《さとう》っ。あれ見て、あれっ。すごい、すごいのがあるっ」

黙ってついてきた千佳《ちか》が、興奮気味に袖を引っ張ってきた。

彼女が指差す先を見ると、大きなわたあめ機がデンっと鎮座している。

子供たちがきゃっきゃとはしゃぎながら、わたあめを作っていた。

「？　なに？　あれがどうかした？」

「わたあめよ、わたあめ！　この店って自分でわたあめが作れるみたい。すごいわ……。佐藤《さとう》、わたあめって自分で作ったことある？　わたしはない」

目を輝かせながら、千佳《ちか》は早口になっていた。

その様子に、あれ？　と首を傾《かし》げる。

「お姉ちゃんって、『お腹《なか》いっぱい食べ太郎』は初めて？」

「初めて。名前は知っていたけど、こんなにも楽しそうな場所だなんて知らなかったわ」

よくよく考えれば、それもそうか、と思う。

千佳《ちか》は学校の打ち上げには参加しないだろうし、千佳《ちか》の母親は外食に手軽さを求めるらしい。今まで縁がなくても不思議ではない。

席に案内される途中、千佳《ちか》にいろんな料理を指差して見せた。

「渡辺《わたなべ》、渡辺《わたなべ》。あれあれ。コロッケ、カレーにハンバーグ、からあげ、ポテトにたこ焼き、焼きそばとオムライス。そんで、焼肉。渡辺《わたなべ》、どうせこの辺は全部好きでしょ？」

「そ、そうね……、全部おいしそう……。で、でも迷うわ、こんなにもいっぱいあるなんて……、ん。ちょっと待って、どうせってどういう意味？」

「スイーツも多いよ。ケーキやアイスがそれぞれ十種類以上あるし、あとはプリンにゼリーにフルーツ、ぜんざい、ヨーグルト。ワッフルなんて自分で焼けるし、トッピングはし放題」

「ま、待って、待って。こんなのスイーツだけでお腹《なか》いっぱいになるじゃない……。困る、困るわ……」

「あと、クレープ焼いてくれたり、ポップコーンも作れるよ。あ、かき氷もあったな。それにチョコフォンデュもあるから、フルーツがさらに活《い》きるし、ほかにも」

「多い多い多い！　情報量も種類も！　ここは遊園地なの!?　人の胃袋は有限なのよ！」

嬉《うれ》しい悲鳴のようなものを上げている。

さらには額に指を付けて、ぐぬぬ、と唸《うな》った。

「わたし、こういうのってホテルの朝食ビュッフェくらいしか経験がないから……！　立ち回りが難しい……！　ど、どうするのが正解なの？」

「好きなものを好きなように食べればいいんじゃない」

「！　ちょっと！　あなたね、誘惑するだけしておいて、最後は投げっぱなしって、あぁもう！　あなたのそういうところ、本当に嫌い！」

ぎゃあぎゃあ騒ぎ出す千佳《ちか》を引き連れて、空いているテーブル席に着いた。

森《もり》は向かいに腰掛け、千佳《ちか》と由美子《ゆみこ》は横並びに座る。

どうせ、千佳《ちか》はちょこまかと動き回るだろうから、奥に由美子《ゆみこ》が座った。

店員さんから説明を聞き、森《もり》だけ生ビールを注文してから、食べ放題が始まる。

そわそわする千佳《ちか》を横目に見ながら、由美子《ゆみこ》は腰を浮かせた。

「森《もり》さん、あたし取ってきますよ。お肉とかもまとめて……」

「いい。自分で取りたい」

由美子《ゆみこ》の提案を、森《もり》は遮ってしまう。

森《もり》はここに楽しむために来ているので、余計なお世話だったかもしれない。

「じゃあ各々《おのおの》で」という由美子《ゆみこ》の言葉を皮切りに、三人は動き出した。

単独で好きに食べると考えたほうがよさそうだ。

だから、自分の食べ切れる量だけ持っていく。

まずはサラダとお肉、ご飯、ちょこちょこ総菜を取って、足りなかったら追加。

程よいところでスイーツに移ろうかな……。

漠然と考えながら皿を取ると、袖をぐいぐいと引っ張られた。

千佳《ちか》だ。

「なに」

彼女はこちらの後ろに隠れながら、気弱そうに別の方向を見ている。

「……佐藤《さとう》って、わたあめ。作ったことある？」

彼女の視線の先では、小さな子供が親といっしょにわたあめを作っていた。

「あるけど」

「……ついてきてよ」

「…………」

ぼそぼそとそんなことを言う。

わたあめは作ってみたい、だけどひとりでやるのは恥ずかしい……、といったところか。

確かに、高校生がひとりでわたあめを作っているのは、なかなかに目立つ。

千佳《ちか》は、さらに言葉を重ねた。

「あなた先輩でしょ。かわいい後輩に付き合ってよ」

「都合のいいときだけ後輩面しないでくんない……、可愛《かわい》くもないし。あんたいつも、役者経験あるから自分のが先輩、って胸張ってるじゃん」

「今日から後輩でいいから。ねぇ、歌種《うたたね》先輩」

「…………」

夕暮《ゆうぐれ》後輩、変に心くすぐられるからやめてほしいんだけど……。

しかし、珍しく素直な千佳《ちか》を前に、返答は自然とイジワルなものになっていた。

「えー、あたし今からお肉取るし。ひとりで行ってきなよ、ここから見ててあげるから」

「ち、近くにいてくれなきゃ、意味がないでしょうに！　なによ、そんなイジワル言わなくてもいいじゃない……！　あぁもういいわ、ほかに食べたいものはいっぱいあるから！」

ぷりぷり怒って、千佳《ちか》は皿を取ろうとする。

思わず笑いながら、その肩を叩《たた》いた。

「ごめんて。わかったわかった、付き合ってあげるから」

「……最初からそう言えばいいのよ」

頼みごとをしているのになんだその態度は、と言いたいところだが、こちらのからかいも過ぎた。何も言わず、わたあめ機に向かう。

「あ」

森《もり》がひとりで、わたあめを作っていた。

慣れた手つきで、ちょうどいいサイズを器用に作っている。

無表情ではあるが、心なしか嬉《うれ》しそうだ。

ちなみに千佳《ちか》は、不器用なのでめちゃくちゃに失敗した。


わたあめをとりあえずテーブルに置き、千佳《ちか》はさっさと別の料理を取りに戻った。

由美子《ゆみこ》はもう取り終えたので席に着いていると、先に森《もり》が戻ってくる。

そして、その量にぎょっとした。

「……森《もり》さん、それだけですか？」

由美子《ゆみこ》の問いに、森《もり》はこくんと頷《うなず》く。

一皿に、ポテトひとつ、焼きそば一口分、からあげひとつ、サラダは三口分くらい……、といった具合に、様々な種類をちょこちょこ載せているが、一皿も埋まっていない。

あとは茶碗《ちゃわん》に盛ったご飯と、わたあめ、ビール。

食べ放題なのに、全体量は普通の定食より少ないくらいだ。

「これでお腹《なか》いっぱい」

そんなことを言うくらいだから、おかわりもしなさそうだ。

なんて食べ放題に向いてない人だろう……。

ある意味、一番の贅沢《ぜいたく》かもしれないけれど……。

茶碗《ちゃわん》片手におかずをつまむ森《もり》を見ていると、今度は千佳《ちか》が戻ってきた。

ウキウキしながら皿を置いていく千佳《ちか》に、呆《あき》れ果《は》てた声が出る。

「あんたは予想に違《たが》わない愚か者だよ……」

「は？　なによ、いきなり。上級者ぶって、佐藤《さとう》みたいに上品に盛り付ければ偉いわけ？　好きなものを好きなだけ食べればいい、って言ったのはあなたじゃない」

「物事には限度がある……、いや、あんたそれどうすんの？　手伝わないからね？」

「お生憎様《あいにくさま》。ちゃんと処理できるから。あなたこそ、食べたくなっても、自分で取りに行きなさいよ」

ふふん、と得意げに笑う千佳《ちか》。

彼女はトレイに皿を三つとご飯の入ったお茶碗《ちゃわん》、らーめん鉢まで載せ、もう片方の手には焼肉用の肉が積まれた皿を持っている。

らーめん、カレー、チャーハン、焼きそば、ナポリタンなどの主食をしっかり押さえたうえで、たこ焼きやポテト、からあげなどの腹に溜《た》まりそうなものまで盛り付けていた。

寿司《すし》もかなりの種類を並べ立て、同じようにケーキも数種類ある。寿司《すし》感覚でケーキ持ってきてないか、こいつ。

ひとつひとつの量は少ないが、それにしたって塵《ちり》も積もれば、だ。

千佳《ちか》は食欲旺盛だが、夜祭花火《よまつりはなび》のように量を食べられるタイプではない。

森《もり》の十分の一でもいいから見習ってほしい……。

「これ食べ切ったらアイスに行こう」

千佳《ちか》はそう言っているが、絶対に食べ切れない。

予想できる未来に暗澹《あんたん》たる思いを抱きながら、自分の分の肉を焼くことにした……。

そして、しばらく食べ進める。

森《もり》は自分から何か言うことはなかったが、訊《き》けば答えてくれるし、千佳《ちか》も積極的に会話に参加していたように感じる。

そして、ある程度食べたところで、森《もり》が初めて自分から口を開いた。

「大野《おおの》から聞いたけれど。歌種《うたたね》さんは、先輩に相談したいことがあるの？」

意外な話を持ち出され、手が止まる。

千佳《ちか》の肉の焼き方が見ていられなかったので、仕方なく焼いてあげていたところだった。

その肉を取り分けながら答える。

「あ、そうですね……。相談……、していいのなら、したいです」

「いいよ」

あっさり言われてしまう。

本音を言えば森《もり》とご飯に行きたかっただけで、相談が目的ではない。

もちろん、話の流れで相談できればよかったが、今は頭から飛んでいた。

それと同時に納得する。

大野《おおの》が森《もり》に、言い含めてくれたのかもしれない。

だから、森《もり》は食事に付き合ってくれたのだろうか。

正直に言えば、ちょっとガッカリしてしまったけれど、大野《おおの》には感謝すべきだ。

頭を切り替えつつ、相談事を整理していると、

「あ、わ、わたしも、やすのあとで相談に乗って頂きたいです。その、演技のことで」

もりもりご飯を食べていた千佳《ちか》が、慌てて言葉を重ねた。

森《もり》から話を聞ける機会なんてそうそうない。

相談できるのなら、千佳《ちか》だってしたいだろう。

由美子《ゆみこ》も一度よく考えたあと、森《もり》におそるおそる問いかけた。

「あの、あたしは相談したいことがふたつあって……。演技のことと、進路のことで。いいでしょうか」

「いいよ。夕暮《ゆうぐれ》さんのも聞く」

もぐもぐと筑前煮《ちくぜんに》を食べながら、さらりと言う。

相談を聞いてもらえるなら、一度、肉を焼く手を止めたい。

焼け具合を確認しながら、千佳《ちか》を見やる。

先に話して、という視線を受け取った千佳《ちか》は、軽く頷《うなず》いた。

「すみません、わたしから」

森《もり》の視線が、千佳《ちか》に向く。

千佳《ちか》は少しだけ緊張した面持ちで、ゆっくりと口を開いた。

「……実は後輩に、自分とよく似た演技をする子が出てきたんです。しかもその子のほうが、器用で、上手《うま》くて。このままじゃ、自分の立ち位置を取られるかもしれなくて……。もし、森《もり》さんなら、どうしますか。……いや。どうしたら……、その子を超えられると、思いますか」

……結衣《ゆい》のことだ。

今の千佳《ちか》が抱える、一番の悩みはそれだ。どうにかしようと、ずっともがいている。

森《もり》は話を聞いたあと、少しだけ頭を動かした。

視線の先がわずかに揺れる。

そうしてから、今度は由美子《ゆみこ》のほうを見た。

「歌種《うたたね》さんの演技の悩み。一度、そっちも聞く」

「あ、はい……。ええと……」

森《もり》はまとめて話すつもりのようだ。

ちょうど、網の上から肉をすべて回収できた。

整理していた考えを口に出す。

「今の現場が、ちょっと難しい……、んです。すごく進行が遅れてる現場で。原作付きのアニメなんですけど、アニメオリジナルの展開なうえに、脚本がぜんぜん出来上がらなくて。展開は読めないし、見通しも立たないから割と行き当たりばったりで……。だから、演じるのも難しい、というか。役に入り込めない、というか……。そんな現場にあたったとき、森《もり》さんならどうしていますか」

「あ、それはわたしも聞きたい、です。どうしても、役に集中しきれない感じがして」

思わず、と言った具合に千佳《ちか》も声を上げた。

この問題については、千佳《ちか》も結衣《ゆい》も由美子《ゆみこ》も同じ悩みを抱えている。

様々な現場経験がある森《もり》ならば、適した答えをくれるのではないか。

そんな期待を込めて待っていると、森《もり》は軽く目を伏せた。

テーブルに目を向けたまま、確かめるように話し始める。

「……まず、ふたりとも。見当違いのことを言ってる。脚本がないから、展開が読めないから、役に入り込めないとは言うけれど……。演技に、そんなものは必要ない。演じるのは自分であって、脚本や展開じゃない。まず、自分の中に確固たる自分を作るべき、だと思う」

感情のこもっていない声で、森《もり》は淡々と述べた。

しかし、言葉の意味は難解で、わかりにくい。

千佳《ちか》が「どういう、ことですか」とおそるおそる尋ねた。

わかりづらい説明であることを自覚したのだろうか。

森《もり》は視線を移動させる。

ゆっくりと目を動かしながら、独り言のように続けた。

「キャラクターを自分の中にちゃんと持っていたら、脚本がないくらいで揺るがない。わたしたちだって、毎日何が起こるかわからずに生きているけど、それが当たり前でしょう。だというのに、キャラにだけそれを求めるのは、変。演じる、という意識が強すぎる。ちゃんと取り込む必要があるし、自身とキャラをぴったり重ねるべき。もっと突き詰めないとダメ」

ぞくっとした。

森《もり》の言いたいことがようやく伝わる。

先がわからないのは〝自分〟にとっては当たり前なのだから、〝キャラクター〟にそれを求めるな。

そこに乖離《かいり》がある、と森《もり》は指摘している。

演じるキャラと、自分の距離が遠いのだ、と。

彼女は常に、そこまで役に入り込んでいるのだろうか。

得体の知れない化け物を前にしたような、恐怖と昂揚感《こうようかん》を覚える。

「……そのやり方で、自分にあるキャラと、脚本とで、キャラがズレたりはしませんか。自分の中で、この子はこんなこと言わないのに……、って。そんな弊害はありませんか」

千佳《ちか》が、勇気を振り絞ったような顔で問いかける。

すると、森《もり》は意外にも「あるよ」と軽い調子で答えた。

ビールをごくっと飲んでから、ぽつぽつと話を再開させる。

「そのときは、まず監督や脚本家と話をする。制作陣が必ずしも正しいとは限らないから。話して納得できればよし、できなければ……、まず、自分の思う演技でやってみる。それでも制作陣が納得しなければ、それは仕方がない。わたしの理解力と演技力が不足してる、で終わり。でも、割と通っちゃうね。こっちのほうがいい、って」

「…………」

唖然《あぜん》とした。とんでもない話を聞かされている。

演技の力で、脚本のほうを曲げてしまうというのか。

いやいや待て待て、と頭を振る。確かめておきたい。

「ええと。自分の思う演技でやってみる、っていうのは。セリフを変えるってことですか？」

「相談したときに変えてもらえたらそれでいいけど、そうじゃないなら、しない。セリフどおりにやる。でも、表現は変える。自分が思うその子を演じる」

セリフは変えずに、表現を変える。

その結果、森香織《もりかおり》の演技のほうが正しい、となるのか。

彼女は別に誇示するわけでもなく、淡々と続けた。

「わたしよりも、脚本家や監督がその子をわかっているとは限らないから。自分のことは自分が一番わかっているもの。それに、そこで衝突するのはいいものを作るうえで必要だと思う」

……これは、森《もり》だからできることだ。

自分の演じるキャラは、自分がだれよりも詳しいはずだ、という自負があるから。

自分と一体化しているからこそ、出る疑問や違和感。

それを口にし、周りが認識して、その結果、修正されて作品がよりよくなる。

絶対の自信と実力がなければ、決してできない。

「わたしたち声優は、基本的に受け身。受け取るものがなければ、仕事はできない。でも、何も考えずに受け取っているだけなのは、どうかな」

さらりと言われた言葉が、胸に突き刺さる。

『マショナさん』の現場には不満を持っていたが、自分が完璧なまでに突き詰めたか、と言われれば決してそんなことはない。

思わず、千佳《ちか》と顔を見合わせる。

千佳《ちか》もきっと、考えていることは同じだ。

「それで、夕暮《ゆうぐれ》さんの悩みだけれど」

「あ、は、はい」

名前を呼ばれて、千佳《ちか》は慌てて向き直る。

「歌種《うたたね》さんと同じ悩みを抱えている時点で、あなたにももっと突き詰める要素が残っている。だれかに勝てない、と悩む前に、まずは限界の限界までやってみるといいと思う」

「……はい、ありがとうございます」

千佳《ちか》は神妙に頷《うなず》く。

自然と、由美子《ゆみこ》も同じように頷《うなず》いていた。

わかってはいたけれど、自分たちはまだまだだ。

現場に不満を持つのは、やり切った、と言える状況を作ってからだ。

それを認識して、やる気の炎がメラメラと燃え始める。

「あ」

しかし、そこで森《もり》が何かに気付いたような声を出した。

無表情のまま、目を瞑《つぶ》る。

「この話、大野《おおの》にはするなって言われてたんだった」

「？　大野《おおの》さんが？　すごく勉強になりましたけど……、なんでダメなんですか？」

「わたしの真似《まね》をした新人が、いろんな人を怒らせて干されたから」

「…………………」

それは……、するな、と言われても仕方がない……。

森《もり》が制作陣に異論を申し立てたり、演技を変えても通ったのは、彼女の実力と実績があってこそだ。

何もない新人が同じことをすれば、生意気だと蹴られるのがオチだ。

この話を参考にしていいのは、心構えまでである……。

「それで。歌種《うたたね》さん、進路の相談って？」

森《もり》が改めて問いかけてくれて、慌てて意識を戻す。

ぜひ、森《もり》の意見も聞きたい。

どういう進路に進むべきか悩んでいる、と森《もり》に打ち明けた。

すると、彼女は眠たげな目つきでぽつりと答える。

「夕暮《ゆうぐれ》さんは大学、別に行かなくてもいいと思う」

「え」

予想外の返事に、千佳《ちか》が目を瞬《しばたた》かせる。

戸惑いながら、口を開いた。

「いえ、わたしは……、進路に悩んでいないので。この悩みは、やすだけです」

「そうなの」

森《もり》は表情を変えないまま、静かな受け答えをしている。

そして、今度はこちらに目を向けた。

「歌種《うたたね》さんは、大学に行ったほうがいいと思う」

「えっ…………」

その答えは……、ちょっと……、重い……。

これは暗に、由美子《ゆみこ》は声優業界で生き残れないから行ったほうがいい、でも千佳《ちか》は大丈夫、と言いたいのだろうか……。

さすがに気まずいのか、千佳《ちか》はジュースをストローでちゅうちゅう吸っていた。

「お姉ちゃん、よかったね。お姉ちゃんは大学に行かなくて平気だってさ。よかったねぇ、お姉ちゃん。声優一本に絞っても平気だってさ〜」

「……ちょっと、重い。重い！　知らないわよ、八つ当たりしないで！」

悔しくて、千佳《ちか》に寄り掛かっていく。

ぐいぐいと体重をかけてやり、そのままもたれかかって潰してやった。

それを見ていた森《もり》が、静かに首を振る。

「声優一本に絞れる、とは言ってない。声優として必要かどうかという話なら、夕暮《ゆうぐれ》さんは行かなくてもいい、と答えただけ」

そんな指摘が入る。

それならば、なぜ由美子《ゆみこ》は大学に行ったほうがいい、と口にしたのだろうか。

その答えを、彼女はゆっくりと述べた。

「歌種《うたたね》さんは──、ひとつでも多くの経験をしたほうが、きっといい演技ができる。シラユリを見れば、そう思う。あなたのようなタイプは、キャラと重なる要素が多ければ多いほど、入り込めば入り込むほど、演技に凄味《すごみ》が増す。大学じゃなくてもいいけど、とにかく経験を積んで、自分の引き出しを増やしたほうがいい」

声に濃淡はないが、そこには演技に対する熱があったように感じた。

これは……、演技を評価された、と考えていいのだろうか。

シラユリのときは、加賀崎《かがさき》に言われて己を重ねた。

自分に憑依《ひょうい》、降ろそうとした。

その結果、あの演技ができたのは間違いない。

いやでも、これはどうだろう……？　褒められているのかな……？

判断に迷っていると、森《もり》はビールを最後まで飲み切ってしまった。

「ご馳走様《ちそうさま》でした」

手を合わせると、そのまま立ち上がる。

追加で何か取りに行くのだろうか、と思って見ていたら、彼女の手に伝票と鞄《かばん》があったものだから、面喰《めんく》らった。

「食べたから、帰るね」

ちょっとトイレ、くらいのノリで、さっさと歩き出してしまう。

泡を喰《く》って、千佳《ちか》とともに立ち上がった。

「あ、も、森《もり》さん！　ご馳走様《ちそうさま》でした！」

背中に声を掛けるが、彼女は振り返りもせずにレジに向かう。

千佳《ちか》が遅れて声を掛けても同様だ。

やはり彼女は、独特な人だ。

幻のように消えた森《もり》を見送ったあと、ぽすん、とふたりして席に着く。

お互いに思うところがあったのだろう。

黙って残りの料理を食べ進めた。

すると、千佳《ちか》がそっと息を吐く。

「佐藤《さとう》」

「なに」

「わたしたちって出会って一年以上になるけれど——、わたしはあなたのことをこれでも」

「やだ。手伝わない」

「ちょっと！　なに！　せっかくわたしがいい話をしようとしたのに！」

千佳《ちか》が肩でぐいぐいと押してくる。

ちらりと見ると、彼女が持ってきた皿の上には、まだまだ料理が積み重なっていた。

「どうせもうキツくなってきたんでしょ。だから言ったのに。あんたちゃんと食べるって言ったんだから、最後まで責任もちな。残したら罰金だからね、ここ」

図星だったらしく、千佳《ちか》はぐぬぬ、と悔しそうに歯を食いしばった。

……結局、すぐに由美子《ゆみこ》が折れて手伝うことになるのだが、ふたりでも食べ切るのが相当キツい量だった。

こいつは二度と食べ放題に連れて行かない、と心に誓った。


『お腹《なか》いっぱい食べ太郎』から、お腹《なか》パンパンで帰宅したあと。

森《もり》にお礼のメッセージを送ろうとしたが、彼女の連絡先を知らないことに気付く。

以前、現場で「スマホはろくに見ない」と言っていたので、どちらにせよ見てもらえないかもしれないが。

自室のベッドでスマホをイジっていると、突然、着信が入る。

反射的に「森《もり》さん？」と思ったが、そんなことはなく。

けれど、ディスプレイに表示された相手は、また意外な人物だった。

『大野麻里《おおのまり》』

すぐに電話に出ると、気の抜けた声が聞こえてくる。

『おー、歌種《うたたね》。今、大丈夫？』

「大丈夫ですよー。どうしました？」

『うん。歌種《うたたね》に言っておきたいことがあってさ。あんた近いうちに、ファントムの収録あるんじゃない？』

今日終えたばかりだ。

もう終わったことを伝えようとしたが、大野《おおの》が続きを口にするほうが早かった。

『歌種《うたたね》のことだから、森《もり》をご飯に誘うんじゃないかと思って』

「あー、そうですね。ていうか、もう誘いましたよ。今日収録だったんで、そのままご飯連れてってもらいました」

『……マジ？　あ、今日だったの？』

意外そうな声が返ってくる。

遅れて、『そうかあ、行ったかぁ。行けたかあ。はー、あの森《もり》がねえ……』と感嘆するような声も。

やはり、ふたりの間に何かしらのやりとりがあったようだ。

「あの、大野《おおの》さん。ありがとうございました。森《もり》さんに、相談に乗るよう言ってくれたんですよね？」

森《もり》はそれらしいことを言っていた。

大野《おおの》が森《もり》に言い含めていたから、森《もり》はご飯に連れて行ってくれたわけだ。

しかし大野《おおの》は、はあ？　と頓狂な声を出す。

『あたしが？　森《もり》に？　言うわけねーだろ、そんなこと』

「え。でも、森《もり》さん言ってましたよ。大野《おおの》さんが、あたしの相談を聞いた、って」

『あぁ、その話はしたけどさ。あたしから、『相談に乗ってやれ』なんて一言も言ってないよ。ていうか、言ったとしても聞くわけないだろ、あいつがさ』

……それはまぁ、確かに。

人の言葉に従う人だとは思えないけれど。

すると今度は、小さな笑い声が聞こえた。

『あいつがメシに行ったのは、単純に歌種《うたたね》を気に入ったからでしょ。よかったねぇ、歌種《うたたね》』

……そういうこと、らしい。

本当に森《もり》が気に入ってくれているとしたら、それは落ち着かないくらい嬉《うれ》しい。

だけど、何だかくすぐったくて仕方ないので、思わず余計なことを口にしていた。

「……でも、ユウもいっしょに来たんですよ。森《もり》さんが、行く？　って訊《き》いて」

『え、マジ？　夕暮《ゆうぐれ》まで？　はぁーん……。そうか……。へぇ……。で、なに？　いじけてんの？　別にいいでしょ、それは。歌種《うたたね》の評価が変わるわけでもなし』

まさしく。

単にムズがゆくて言ってしまっただけだ。

しかし、彼女の次の言葉はとても看過できるものじゃなかった。

『むしろ歌種《うたたね》としては、嬉《うれ》しいんじゃないの。夕暮《ゆうぐれ》がいっしょだったら』

「え？　なんでですか。意味わかりませんけど。あいつがいっしょで嬉《うれ》しかったことなんて、人生で一度もありませんが」

『めんどくせー』

大野《おおの》はけらけら笑っている。

しかし、今度は残念そうな声を上げた。

『あぁでも、忠告が遅かったね。あんたらが行ったの、やっすい食べ放題っしょ？　森《もり》、好きなんだよねー、あの店。メシ食いに行くならあいつに任せずに、高いところ連れてってもらえって言おうとしたんだ。案内さえすれば、どんな店でも金出してくれるだろうから』

そういうことらしい。

そう言われると勿体《もったい》ないことしたかな、とも思うけれど、あの店はあの店で楽しかった。森《もり》も楽しそうだったし、彼女の貴重な姿も見られた。

それに。

「ありがとうございます、大野《おおの》さん。でも大丈夫です。いいお店には、大野《おおの》さんに連れてってもらいますから」

『あぁん？　……はっ、わかったわかった。どこにでも連れてってやるよ』

大野《おおの》はおかしそうに笑っていた。

NOW ON AIR!! 第60回

「ラジオネーム、〝ミルキィ〟ちゃん。あ、女の子だ。『わたしは、今年高校二年生になったんですが、おふたりに相談したいことがあります』」

「早速、雲行きが怪しくなってきたわね……。わたしたちに相談……？　答えられることがあるとは思えないけれど……」

「『わたしは声優を目指しています。高校を卒業したら養成所に行きたいんですが、お母さんが大学には行きなさいと反対してきます。おふたりみたいに、高校生で現役の人もいるし、今からでも遅いくらいだ、と言っても聞いてくれません。どうすれば、説得できるでしょうか』」

「ヘビーな質問が来たわね？」

「絶対、相談する番組を間違えてると思うんだけど……。派手な炎上経験のあるあたしたちに、あえてなぜ訊く？」

「そこそこアレな目にも遭ってるわよ、わたしたち」

「ね。あたしらのこと知ったら、お母さん絶対『声優なんてやめなさい！』って言うよきっと」

「そもそも、やすだって今、まさに進路に悩んでいるわけだし」

「そーそー。あたしが相談に乗ってほしいくらいだよ」

「それに。このラジオを長く聴いている人なら知ってるけど、わたしだって親に反対されたわ。というか、今も反対されてる。でも、親の言うことを聞いて大学には行くつもり」

「あたしは選択の自由があるけど、それで今、一生懸命考えているところだよ。ええと、なんだっけ？　説得する方法を教えてくれ、だっけ。んー……」

「わたしは、素直に大学に行っていいと思うわ。親にそう言われているなら」

「あたしも同意見かなー。一番怖いのは親に見放されることじゃない? 反対押し切って声優になったとして、ひとりになったらすっごく不安になると思うよ」

「見通しが利かない職業だから。いざというとき、頼れる人がいるかどうかで、かなり状況が変わってくると思う。どん詰まりになったときに助けを求められなくて、やめていく人だっているわけだし」

「そうね……。それに、あたしら見てたらわかるだろうけど、学生しながらでも何とかやっていけるしさ。説得するんじゃなくて、されるほうで考えてみたら。大学行きながら養成所通う人もいるし、大学生の声優もたくさんいるよ」

「今から養成所に行ってもいいしね。……求めている答えじゃないだろうけど、許して頂戴。わたしたちだって、現状で思うところはたくさんあるから」

「本当に。ていうかあたしは、人のことを考えている場合じゃないんだよー……。自分の進路にいい加減答えを出さなきゃいけないんだよー……。そもそも朝加ちゃん、これどういうつもりでメール差したの——」

夕陽とやすみのコーコーセーラジオ!
YUHI to YASUMI no KOUKOUSEI RADIO!

to be continued……

少し、困ったことになった。

それは、『マショナさん』の振り返り特番のため、スタジオに向かう途中のこと。

道すがらに、見慣れた背中を見つけた。

結衣《ゆい》だ。

その背中に駆け寄り、肩をぽんと叩《たた》く。

「や。結衣《ゆい》ちゃん、おはよう」

てっきり、結衣《ゆい》は満面の笑みで挨拶を返してくれると思っていた。

しかし、声を掛けると、彼女はビクッと身体《からだ》を震わせる。

強張《こわば》った顔で振り返り、こちらの顔を確認してから、ほっとした表情に変わった。

「やすやす先輩、おはようございます！」

おかしい。

笑顔はとてもぎこちなく、明らかに無理をしている様子だ。

体調が悪いのだろうか、と心配になる。

「結衣《ゆい》ちゃん、大丈夫？　調子悪い？　まずいんだったら、スタッフさんに言ったほうが」

「え？　い、いやいや！　元気ですよ、高橋《たかはし》は！　もー、収録も楽しみで！」

無理やり笑って、両腕を持ち上げてみせる。

この間まで、千佳《ちか》と収録ができて嬉《うれ》しい、とふにゃふにゃ笑っていたのに。

今の彼女からは、すぐに笑顔も消《き》え失《う》せてしまう。

結衣《ゆい》は目を伏せ、辺りをちらちらと確認し始めた。

そして、助けを求めるような目を向ける。

「……あの、やすやす先輩。相談に乗ってもらっていいですか……？　やすやす先輩にだったら……、話せそう、なんです……」

後輩に深刻な表情でそう言われ、聞かない先輩はいない。

収録までそれほど時間はないので、控え室で聞くことにした。

テーブルを前に、隣同士で座る。

結衣《ゆい》は言いづらそうにしばらく俯《うつむ》いていたが、やがてぽつりぽつりと語り始めた。

「実は……、マネージャーさんと話しててわかったんですけど……、わたしがオーディションに合格した役、夕陽《ゆうひ》先輩も受けてて……。夕陽《ゆうひ》先輩のほうが、落ちてた、らしいんです……。マネージャーさんは隠してたけど……、ほかにも、そういう役がある、みたいで……」

千佳《ちか》ではないが、舌打ちしたくなった。

気付いてしまったか。……気付いてほしくなかった。

成瀬《なるせ》も千佳《ちか》も把握していたことだ、結衣《ゆい》のマネージャーも知っていたはず。

隠し通すつもりだったんだろうが、こぼしてしまったのか。

知られたくないし、結衣《ゆい》も知りたくなかった現実だろう。

自分が、大好きな先輩の役を奪い取っていたなんて。

「……でも、それはしょうがないことじゃん？　役はひとつしかないんだからさ。それを言い始めたら、オーディションなんて受けられなくなるし」

「それは……、わかってます、けど。でも、これは違うじゃないですか……！」

結衣《ゆい》は取り乱し、真っ青な顔でこちらを見上げた。

わかっている。これは、気休めにもならない建前だ。

「ま、マネージャーさんは……、わたしのほうが優れているから、結果が出ただけ、って言うんです……。でも……、でも、違うじゃないですか！　わ、わたしの演技は夕陽《ゆうひ》先輩の真似《まね》なんです、真似《まね》してるだけなんです！　なのに、なのに夕陽《ゆうひ》先輩の仕事が減るなんて、おかしいじゃないですか！」

泣きそうな声で、結衣《ゆい》はいやいやをするように頭を振った。

彼女だって、こんな状況は望んでいなかったはずだ。

尊敬している先輩の演技を真似《まね》し、それで役を取れた、と喜んでいただけなのに。

その行為が、夕暮夕陽《ゆうぐれゆうひ》の否定に繋《つな》がり始めている。

「こ、こうなるなら……、わたし、もう夕陽《ゆうひ》先輩の真似《まね》なんてしない……！　も、もっと別の演技で……！」

「そんなことしたら、ユウは結衣《ゆい》ちゃんのことを本気で軽蔑するよ」

結衣《ゆい》の口走った言葉は、とても見逃せるものではなかった。

強い物言いになったせいか、結衣《ゆい》はビクッとして身体《からだ》を引く。

助けを求める瞳に対して、厳しいとは思いつつも、きちんと言葉を返した。

「それはダメだよ。ユウに気を遣って、手を抜くってことでしょ。それは、ユウに対する侮辱。それに、いろんな人に失礼だよ。受かる実力があるのに、その演技をしないなんて。あたしだって、結衣《ゆい》ちゃんのこと嫌いになっちゃう。それだけはやっちゃいけない」

結衣《ゆい》が「千佳《ちか》の立場を奪ってしまうから」という理由で演技を曲げたら、千佳《ちか》はどんな思いを抱くか。それを知った、周りの声優やマネージャーは、どう思うか。

それは結衣《ゆい》もわかっているのだろう。ぐっと唇を噛《か》んだ。

けれど、頭ではわかっていても、簡単に割り切れる問題でもない。

感情の昂《たかぶ》りのままに、辛《つら》そうな声を上げた。

「でも、こんなの……、嫌です……。わたしが真似《まね》したせいで、好きになったせいで、夕陽《ゆうひ》先輩の邪魔になるなんて……、嫌ですよぅ……」

再び顔を伏せて、涙をこぼしてしまう。

何と言うべきか迷い、結局何も言えなかった。

もとよりオーディションは椅子取りゲームだ。結衣《ゆい》が気兼ねする必要はないし、千佳《ちか》だって自分の実力不足を嘆くことはあれど、結衣《ゆい》を恨むような性格ではない。

だからといって、結衣《ゆい》の不安は絶対に消えない。
千佳《ちか》に嫌われたのではないか。
自分の存在が煙たがられるのではないか。
……千佳《ちか》だって、人間だ。
自分の真似《まね》のくせに。
あの子がいなければ。
そんなことを、ほんの少しでも考えないほうがおかしい。
だからこそ、結衣《ゆい》は怯《おび》えている。
大好きな千佳《ちか》から、忌《い》み嫌われ、恨《きら》まれ、拒絶される未来を想像している。
かといって手を抜けば、それこそ本当に千佳《ちか》から恨まれてしまう。
「おはよう……、え。なに……、どうかしたの？」
控え室に入ってきた千佳《ちか》が、異様な空気に眉を顰《ひそ》める。
泣いている結衣《ゆい》に、そのそばで気まずくしている由美子《ゆみこ》。
それでどうやら、千佳《ちか》は悟ったらしい。
「あぁ……」
いずれ、こうなることがわかっていたのかもしれない。
千佳《ちか》は千佳《ちか》で、気まずそうに目を逸《そ》らす。

……あるいは。

千佳《ちか》がここで、上手《うま》く立ち回れるような性格ならば、よかった。

結衣《ゆい》が千佳《ちか》に気兼ねせず、今までどおりの演技ができるよう、励ますなり叱ったり、できるような先輩だったら。

だけど渡辺千佳《わたなべちか》は、人と関わることを苦手とする女の子だ。

「…………………」

千佳《ちか》は何も言えないまま、こちらに助けを求めてくる。

助けられるのなら、助けたい。

フォローを入れられるのなら、入れてやりたい。

だけどこればかりは、千佳《ちか》の心からの言葉でなければ、きっと結衣《ゆい》には響かない。

「……あ、あー！　夕陽《ゆうひ》先輩、おはようございます！　え、ええと、実はですね、この前観《み》た映画がちょー泣けるって、やすやす先輩と話してて、思い出し泣きしちゃったっていうか！」

ぴょん、と椅子から立ち上がり、結衣《ゆい》は震えた声でまくし立てる。

頼むから触れないでくれ、と叫んでいるようだった。

控え室の空気は重苦しかったが、カメラの前ではもちろん出さない。

振り返り番組は、普段と同じように終えられた。

しかし、こちらはこちらで問題だった。

『魔女見習《まじよみなら》いのマショナさん』は、第一話の時点でかなりクオリティが危うかった。回を増すごとに作画が崩れたうえに、第三話は内容もよくない。

マショナたちが食事をするだけの第三話は、虚無回として話題になってしまったのだ。

それを面白がった一部の視聴者が、コメントを荒らしてしまう。

そのため、今回から配信のコメント機能がオフになったくらいだ。

せっかくの生配信だというのに、反応が見えないモニターを寂しく思う。

とはいえ、見るに堪えないコメント欄も辛《つら》いものがあるけれど……。

そして、『マショナさん』のアフレコ現場を見ると、その原因が払拭《ふっしょく》されることもなさそうだった。

現場は以前と変わらずドタバタしている。

それどころか、日に日に苛烈さを増していた。

スタッフたちは常にボロボロで、録《と》り直《なお》しや台本の修正、その場しのぎのしわ寄せもどんどん増えている。

やつれきった彼女たちがどんな激務をこなしているか、想像するだけでおそろしい。

とはいえ、こちらも気にしてばかりはいられない。

『はい、ＯＫです』

「すみません。今の、リテイクさせてもらえませんか。声が出し切れなくて……、申し訳ないです。次はもっと、いい具合に声を張ります。お願いします」

調整室からの声に、千佳《ちか》が手を挙げて自分からリテイクを申し立てる。

そうしないと、不出来な演技でもどんどん進んでしまうからだ。

制作陣の焦《あせ》りは伝わる。演技にまで手が回らないのはわかる。

けれど、こちらはこれが仕事だ。

ほかの声優も、納得がいかなければ自らリテイクを申し出ていた。

ありがたいことに、その行為は制作陣も受け入れてくれている。嫌な顔はされない。

綱渡りの状況でも、何とか前に進んでいるのが救いだった。

しかし、その中でひとりだけ、立ち止まっている人がいる。

『高橋《たかはし》さん、大丈夫ですか？　次のシーン、行けますか？』

「……え？　あ、だ、大丈夫です！　すみません、ごめんなさい！」

結衣《ゆい》の出番だというのに、彼女は座ったままぼうっとしていた。

呼びかけられ、慌ててマイクの前に立つ。周りにぺこぺこと頭を下げながら。

……明らかに、千佳《ちか》のことを引きずっている。

何とかしたいとは思うけれど、解決方法がわからない。

いっそ時間が解決してくれないかと祈っていたのだが――。

その考えが甘いことを、すぐに思い知る。

「――わたしは！　この魔法と……、ふたりが大好きだから……！　いっしょに、来てほしい。いっしょに、試験を受けてほしい……」

結衣《ゆい》の演技に、まず千佳《ちか》が反応した。

ぴくっと肩が動き、無意識なのか由美子《ゆみこ》を見る。

同じように由美子《ゆみこ》も千佳《ちか》を見てしまったが、今はアフレコ中だ。

すぐに自分たちの演技に戻る。

「あらあら。マショナちゃんに、そこまで言われちゃあねぇ～。ねぇねぇ、シールちゃん。どうするぅ～？　シールちゃん次第だと思うけどぉ」

「は……、はぁ？　そ、そんなの……、別に……、あたしは……、いいけど……」

クラリス、シールの順に声を吹き込む。

学校の試験を前に、マショナとシールが仲違《なかたが》いしてしまう。そこから、仲直りして同じチームになるまでが今回描かれるストーリーだ。

「ありがとう……。嬉《うれ》しい……、よかった。仲直りできて……」

安心したマショナは、その場で泣き出してしまう。

当然、結衣《ゆい》も泣く演技をする。夕暮夕陽《ゆうぐれゆうひ》の演技によく似た、泣き声を上げた。

そのままフェードアウトしていき、このシーンは終了だ。

「…………………………」

違和感はどんどん大きくなり、既に確信に変わっていた。

調整室の反応を窺《うかが》うも、返ってきた言葉は求めたものではない。

『OKです。それでは、次のシーン……』

OK？　冗談でしょう？　と声を荒らげたくなる。

肝心の結衣《ゆい》は顔を伏せたまま、台本をぎゅうっと握りしめていた。

台本の形が歪《ゆが》む。

結衣《ゆい》は一番奥のマイクの前に立っていたし、素早く拭ったから、千佳《ちか》と由美子《ゆみこ》以外に気付いた人はいないだろうけど。

彼女はひっそりと、涙をこぼしていた。

それはさっきの演技には不釣り合いな、本物の涙だった。

この日のアフレコはすべて終了した。

挨拶を済ませたあと、結衣《ゆい》は真っ先にブースから出ていく。

急いで由美子《ゆみこ》も廊下に出ると、彼女がエントランスとは逆方向に向かうのが見えた。

演技のこと、泣いていたこと、気に掛かることはたくさんある。
しかし、迷う。
なんと言えばいい？　何を言うべきだ？
結衣《ゆい》の背中を見て躊躇《ためら》っていると、だれかが横をするりと抜けていった。
「渡辺《わたなべ》……」
千佳《ちか》が小走りで結衣《ゆい》を追いかけていく。
きゅっと拳を握り、急いで千佳《ちか》に続いた。
結衣《ゆい》はスタジオの奥にある、自販機コーナーのさらに隅にいた。
周りにはだれもいないが、隠れるように壁際《かべぎわ》で俯《うつむ》いている。
「高橋《たかはし》さん」
千佳《ちか》がその背中に声を掛けると、結衣《ゆい》はおそるおそる振り返った。
彼女は声を殺し、はらはらと涙を流していた。
千佳《ちか》の姿を確認すると、目を細めて口を引き結ぶ。
くしゃっとした顔で足が動き——、そうになって、止まった。
迷いをごまかすように、結衣《ゆい》は握った両手を胸にあてる。
……以前の結衣《ゆい》なら、躊躇《ちゆうちよ》なく千佳《ちか》に駆け寄っただろうに。
関係の変化が明確化されたようで、辛《つら》い気持ちが膨らむ。

しかし、今はそのことに心を痛めている場合ではない。

彼女には、訊《き》かなければならないことがある。

「高橋《たかはし》さん、あれでいいの」

千佳《ちか》が問うたのは、演技のことだ。

声に温度はないが、千佳《ちか》なりの心配だということは伝わる。

「あなたなら、もっといい演技ができるはず。というか、この現場じゃなければリテイクが出たわ。わたしたちを見ていれば、わかるでしょう？　スタッフさんたちに余裕がないんだから、自分で言わなきゃ、ダメな演技でも通されるわよ」

千佳《ちか》の指摘するとおり、結衣《ゆい》の演技は普段のものとは違っていた。

異常なほどの安定感を保っていた結衣《ゆい》が、初めて崩れた。

千佳《ちか》たちを戦慄させた演技から、凄味《すごみ》が失われている。

しかし、それでも今回は通ってしまった。

その事実を前に、千佳《ちか》はぎゅっと手を握りしめる。

「あなたが落ちた演技をしようが、収録中に泣いていようが、わたしには関係ない。だけども し、あなたが手を抜いた理由が、わたしに対する遠慮だったら、そのときは」

そのときは。

きっと千佳《ちか》は、結衣《ゆい》のことを許さない。

しかし、そうではないらしい。

「違います……、そうじゃ、ないんです……っ」

ようやく声を発した結衣《ゆい》は、より涙を激しく流す。

苦しそうにしゃくりあげながら、何度も涙を拭っていた。

「もうわかんない……っ、わかんないですよぅ……。どうすればいいのか、わかんない……！

だって、だって……、だれもわたしの演技なんて、聴いてない……っ！」

泣きじゃくりながら、そんなことを言う。

千佳《ちか》は困惑した表情を浮かべた。

思わず、由美子《ゆみこ》も声を上げる。

「や、なに言ってんの。みんな、結衣《ゆい》ちゃんの演技を聴いてるでしょ。『マショナさん』の主役は、結衣《ゆい》ちゃんだよ？」

その声に、結衣《ゆい》はぶんぶんと頭を振る。

涙が飛び、床へと落ちていった。

「みんな、作品の感想は作画のことばかり……っ、絵がひどいとか、そんな話しかしてくれない……っ！　もうクラスの子たちも、『観《み》てない』って……！　『面白くない』って……！　あ、あんな作品が初主演なんて、可哀想《かわいそう》だって……っ！」

その嘆きの言葉は、想像していたどれでもなかった。

不意打ちで強い想《おも》いを打ち込まれ、言葉に詰まる。

彼女はずっと、ひとりで戦っていたのだろうか。

千佳《ちか》も由美子《ゆみこ》も、以前のことがあってエゴサーチはしない。

加賀崎《かがさき》から言われない限り、作品の感想も見ないようにしていた。

けれど、結衣《ゆい》は違う。

初主演の作品だから、張り切って感想を探したのだろう。

自分の出演作の評判がよければ、自然と嬉《うれ》しくなるものだ。

演じているキャラがメインに近ければ、近いほど。

しかし結衣《ゆい》は――――、その真逆の状況に立たされた。

見るに堪えない感想が渦巻く、出来の悪い作品の主人公。

その現実に打ちのめされている。

「でも……っ、それでも、頑張ろうと思いました……っ！　せっかく夕陽《ゆうひ》先輩と共演できるんだし、頑張ろうって……！　でも、わたしの演技は、夕陽《ゆうひ》先輩の真似《まね》で！　それで邪魔になって……！　頑張れば頑張るほど、夕陽《ゆうひ》先輩に嫌われる……っ！」

違う。それは違う。

そうじゃないと否定したいのに、何を言っても空虚な言葉になりそうで。

それはきっと、千佳《ちか》も同じなのだろう。

呆然《ぼうぜん》とした表情で、結衣《ゆい》を見ていた。

そしてなおも、彼女の苦しみの声は続く。

「今日だって、別にわざとじゃない……っ。手を抜こうと思ったわけじゃないんです……、でも、気付いたらOKって……、音響監督も、助監督も、わ、わたしの演技なんて、聴いてない……っ！　やり直したいと思った！　だけど言えなかった……っ！　頑張っても、辛《つら》くなることばかりで……っ！　でも、頑張らなくても、何も変わらなくて！」

彼女は顔を手で覆うが、それでも涙は零《こぼ》れ落《お》ちていく。

聞いているこちらが苦しくなるような、そんな声でどうしようもない現実を嘆いた。

「もう、もう、わかんないです……、わかんないですよぉ……っ！」

そうして、逃げるように立ち去ってしまった。

「…………っ」

千佳《ちか》は追いかけようとして、足を止める。

そして、悔しそうに唇を噛《か》んだ。

なんと声を掛けていいか、わからないのだろう。

彼女を励ましたいが……、どう励ませばいい？

そもそも、励ますのが正解なんだろうか。

結衣《ゆい》が抱えた様々な問題や悩みはぐちゃぐちゃに絡《から》み合《あ》い、彼女の心を激しく揺さぶる。

結衣《ゆい》の言葉を否定しようにも、彼女が口にしたことはまるきり間違いではない。

覆《くつがえ》らない現実として横たわっていた。

「あぁもう……、先輩、だってのに……」

右手で顔を覆うと、髪がくしゃりと潰れた。

やすやす先輩！　と屈託なく笑う結衣《ゆい》の顔が、浮かんでは消える。

同じ現場で近い距離で接していたのに、彼女の苦しみに気付けなかった。

それどころか、彼女の才能を前に、どうするかばかり考えていた。

自分は先輩なのに。

今まで、自分は先輩たちにたくさんのものをもらった。それと同じことを、次の後輩にしていくべきなのに。そうやって、返していくものなのに。

自分のことばかりで、結衣《ゆい》を見てあげられなかった。

何もできずに立ち尽くしていると、キィ、という扉の音が聞こえた。

はっとしてそちらを見る。

音を立てたのは、自販機コーナーに併設された喫煙所の扉だった。

「あー……、すまない。立ち聞きするつもりはなかったんだが」

そこにいたのは、加賀崎《かがさき》だった。

今日の収録は、彼女もついていてくれていた。

収録終わりのタイミングで一服しにきたのか、喫煙所に話したい相手がいたのか。

ちょうどこちらから見えない位置で、煙草《たばこ》を吸っていたらしい。

ほかにもだれかいるのだろうか……、と視線を向けると、加賀崎《かがさき》は「だれもいない」と手ぶりで教えてくれた。

加賀崎《かがさき》がいたのは驚いたが、聞いていたのなら話は早い。

すがるように、彼女に問いかける。

「加賀崎《かがさき》さん、どうすればいいのかな。結衣《ゆい》ちゃんに、なんて言えばよかったのかな……」

頼りになる加賀崎《かがさき》なら、的確な答えをくれるのではないか。

その期待に反して、彼女は気まずそうに頭を振った。

「……あたしにもわからん。何もかも間が悪すぎる。あそこまで不運が重なると、どうしようもなく思えるよ。あたしの担当があぁなったとしても、上手《うま》く諭せる自信はない」

「……間が悪い、というのは」

力のない声で千佳《ちか》が尋ねる。

加賀崎《かがさき》は軽く息を吐いて、頭を掻《か》いた。

「あの子はまだ、声優に夢を持ってる。二年目に入ったばかりだからな、そうだろうよ。他人の椅子を奪わなきゃ生きていけないことも、〝声優は出演作を選べない〟ことも、本当の意味では理解してなかったんだろ。普通はな、ゆっくりと理解していくもんだからさ」

言葉を並べながら、加賀崎《かがさき》は財布を取り出した。

自販機でコーヒーを購入しながら、ぽつぽつと説明を進める。

「お前らだって、現実を見ていくうちにいろいろと割り切れるようになっただろ。由美子《ゆみこ》は四年目、夕暮《ゆうぐれ》は役者自体は五年目だっけ。夢を見てこの業界に入っても、ゆっくりと夢は覚めていくもんだ。だけど皮肉だよな……、才能があるせいでそんな時間がなかったんだ」

そこで加賀崎《かがさき》は、自販機を指差す。

由美子《ゆみこ》は加賀崎《かがさき》と同じコーヒー、千佳《ちか》はミルクセーキを買ってもらった。

加賀崎《かがさき》は缶を片手で持ったままプルタブを開け、口に運ぶ。

「あの子の悩みは、二年目に入ったばかりの新人が抱える問題じゃないだろ。先輩の役を取っちゃう、とか、主役のアニメの出来がひどい、とか。いろんな現実を受け入れる器ができる前に、同時に突っ込まれたんだ。そりゃ崩れる。同じ悩みを由美子《ゆみこ》が抱えたとしたら、あたしはそれなりの助言はできるけど、二年目であれはな……」

間が悪かった、という言葉の意味を理解した。

結衣《ゆい》がつい先日まで中学生で、芸歴二年目に入ったばかりだということを思い出す。

由美子《ゆみこ》もこの業界に入ったばかりのとき、プラスチックガールズのおかげでキラキラしていて、声優業界が光って見えた。現実なんて見えてなくて、ただ前に進むのが楽しかった。

そのときに、もし結衣《ゆい》と同じような状況に陥れば——、逃げ出してしまったかもしれない。

それは、ダメだ。

「ねぇ、加賀崎《かがさき》さん。どうにかできないかな。結衣《ゆい》ちゃんに今からでも、何かしてあげられないかな。だってこのままじゃ、きっと結衣《ゆい》ちゃん……」

「潰れるだろうな」

言い淀《よど》んだ言葉を、加賀崎《かがさき》は口にしてしまう。

それに千佳《ちか》がぴくりと反応した。

加賀崎《かがさき》はコーヒー缶に目を向け、無感情に口にする。

「今日みたいな気持ちでいたら、いずれ潰れる。どんな理由があろうと、あんなふうに迷ったまま演技するのはよくない。〝一生懸命頑張っている〟っていう自負は、案外心の支えになるもんだしな。放っておいたら、きっとまずいことになる」

そこで、加賀崎《かがさき》は「だけどな」とため息を吐《つ》いた。

「……正直なことを言うと、そうなってほしい、と思う自分もいるんだ。ひどい話だけど」

「どういう、ことですか」

千佳《ちか》に問われても、加賀崎《かがさき》は顔を上げない。

缶に視線を向けたまま、静かに告げる。

「高橋《たかはし》は天才だよ。これから先、オーディションを派手に荒らしていくだろう。上はそうでもないだろうが、新人、若手はあの子から漏れた役を取り合うことになる。それだけの才能が、あの子にはある。それが自ら消えてくれるのは……、な」

天才。

それは、結衣《ゆい》の演技を聴いたときに、真っ先に感じたことだ。

新人離れした演技力を持つ夕暮夕陽《ゆうぐれゆうひ》でさえ、結衣《ゆい》はあっさり模倣した。

きっと、ほかの声優に対しても同じことができる。

そうなれば、加賀崎《かがさき》が危惧する状況になってもおかしくない。

だからと言って、放っておくなんて——。

「由美子《ゆみこ》」

名前を呼ばれて、いつの間にか俯《うつむ》いていたことに気付く。

「なに……？」

「どうすればいいか、わからないよな。難しい問題だよ。だから、何もしない……、何もできない、っていうのなら、それでいいと思う。あれは、高橋結衣《たかはしゆい》というひとりの声優の問題だろ。その悩みに引っ張られて、由美子《ゆみこ》もダメージを負うのが、あたしは一番怖い」

……そうかもしれない。

だけど、そう簡単に割り切れないのも事実で。

あんなに明るく笑っていた結衣《ゆい》が、辛《つら》そうに泣きじゃくる姿が脳裏に焼き付いている。

「なぁ由美子《ゆみこ》」

ぐらつく由美子《ゆみこ》に、加賀崎《かがさき》はさらに言葉を重ねる。

「もしプリティアに、由美子《ゆみこ》ぴったりの役が出たとするだろ。それでオーディション受けて、落ちてさ。そのとき、お前の演技を真似《まね》た高橋《たかはし》が合格したら、何も思わないでいられる？」

「それは……」

無理だろう……。

由美子《ゆみこ》は、自分の中に眠る薄暗い感情を知っている。

結衣《ゆい》にプリティア役を取られるだけでも、弱い自分はきっと傷付いてしまう。

それに加えて、「歌種《うたたね》やすみの演技を真似《まね》た結衣《ゆい》」に取られてしまったら。

数少ないチャンスを、しっかりと掠《かす》め取《と》られてしまったら。

そのきっかけを作るのが、今の自分だとしたら。

未来の自分は、悔やまずにいられるだろうか。

加賀崎《かがさき》はやさしく微笑《ほほえ》むと、由美子《ゆみこ》の肩をぽんぽんと叩《たた》いた。

「高橋《たかはし》の抱える問題は、本当に難しい。だから、外野は余計なことは言わない。それでいい、とあたしは思うがな」

彼女はコーヒーを飲み切り、ゴミ箱に捨てる。

駐車場で待ってる、と言い残して、立ち去ってしまった。

千佳《ちか》とふたりで取り残され、沈黙が下りる。

手の中にあるコーヒーが、静かに冷えていった。

ここにいたところで、何か変わるわけではない。

かといって、このまま離れる気にもなれなかった。

しばらく黙り込んだあと、千佳《ちか》が俯《うつむ》いたまま口を開く。

「……わたしは佐藤《さとう》と違って、後輩と仲良くしようとは思わない。余計な関係は、煩わしいとさえ思う。もし高橋《たかはし》さんが、このことがきっかけで本当に潰れるとしても……、多少良心が痛むだろうけど、多分それだけだわ」

千佳《ちか》を見る。

彼女は目を瞑《つぶ》って、感情の乗っていない声で言葉を並べていた。

「それに、加賀崎《かがさき》さんが言うことも尤《もっと》もだと思った。きっと、あの子に何もしなくても責める人はいない。あれはあの子の問題であるし、外野がとやかく言うことでもないと思う」

「……そう」

考えれば考えるほど、何もしない理由は増えていく。

このまま見過ごしたとしても、きっとだれも何も言わない。言えない。

天才が勝手に潰れるのだから、喜ぶ声のほうが多いかもしれない。

それは、わかっている。

わかっている、けれど。

「佐藤《さとう》」

「なに……？」

「今からわたしは、自分の演技について思うことを言う。これは提案でも相談でもない。ただの、意見。だけどもし、万が一にでも、このバカげた意見にあなたが賛同するのなら――」

そこで彼女は目を開けた。

いつものように鋭く、けれど力強い光をたたえた瞳を、こちらに向ける。

「わたしも覚悟を決めるわ」


由美子《ゆみこ》と千佳《ちか》は、「何もしない」と決めた。

加賀崎《かがさき》の言うとおり、傍観に徹する。

自分の演技に、集中する。

人のことを気にしていられる状況でもなかった。

そして、次の『魔女見習《まじょみなら》いのマショナさん』収録日がやってくる。

――ひどい状況だ、とずっと思っていた。

台本はなかなか出来上がらず、展開も決まっていない。

頼みの綱である原作本は、アニメとは異なる物語。

だから、役に入り込むのは難しいと思っていたけれど——。
『……まず、ふたりとも。見当違いのことを言ってる』
森《もり》の助言によって、自分がいかに人任せにしていたかを知った。
原作があるだけ、ずっといいと思った。
台本だって、今までの数話分は手元にある。
森《もり》に言われたとおり、自分とキャラがぴったり重なるよう、何度も何度も読み返した。
高みに手を伸ばす必要があったから。
絶対に辿《たど》り着《つ》かなければならない場所ができたから。
そのために、ここ数日は——、ずっと——、シールのことばかり——、考えて——。
「————」
「佐藤《さとう》」
声を掛けられて、我に返る。
スタジオの前でぼうっとしていたらしく、そばに千佳《ちか》の顔があった。
軽く頭を振る。
気を抜けば、ふっと意識が遠くなることがあった。
集中しているのかしていないのか、自分でもわからない。
ふぅー……、と息を吐いていると、千佳《ちか》が黙ってスタジオを見つめていた。

こちらに顔を向けず、小さな声で呟《つぶや》く。

「わたしは、天才じゃない」

「…………………」

由美子《ゆみこ》から見れば、夕暮夕陽《ゆうぐれゆうひ》は才能の塊だ。

しかし、本物の天才をこの目で見てしまった。

今となっては、夕暮夕陽《ゆうぐれゆうひ》を「天才」とはとても呼べない。

「実績も経験もそれほどない。吹けば飛ぶような、新人声優であることは自覚している。ほかの人が持っているようなものを、きっとわたしは持っていないでしょう」

そこまで呟《つぶや》いてから、こちらを見上げる。

鋭くも綺麗《きれい》な瞳がこちらを覗《のぞ》いていた。

「だけどわたしには、あなたがいる」

「……うん」

「半人前でも、ふたり揃《そろ》えば多少はマシになるわ」

「そうね」

お互いにしか聞こえない声量で、言葉を交わし合う。

彼女も緊張しているのだろう。

よく見ると、千佳《ちか》の目の下にクマが浮かびあがっていた。

無理して詰め込んだのかもしれない。

そのクマを見ないふりして、ふたりでスタジオの中を進んでいく。

相変わらず忙《せわ》しなく、疲労困憊《ひろうこんぱい》のスタッフたちに挨拶してから、ブースに入った。

中にいるのは、結衣《ゆい》だけだ。

主役だというのに、隅っこの席にぽつんと座っている。

結衣《ゆい》は、こちらに気付くと勢いよく立ち上がり、深々と頭を下げた。

「お、おはようございます、夕陽《ゆうひ》先輩、やすやす先輩っ」

若干翳《かげ》りのある声で挨拶したあと、こちらに駆け寄ってくる。

ごまかすように笑い、ぎこちなく言い訳じみた言葉を並べた。

「先輩、この前はすみませんでした。なんだか、おかしなこと言っちゃったと思うんですけど……、ちょっと学校で嫌なことがあって！　それで思ってもないことが口から出ちゃった、っていうか……。なので、気にしないでください！」

えへへ、と笑う。

思わず、由美子《ゆみこ》は問いかけていた。

「結衣《ゆい》ちゃんは、それでいいの？」

「はいっ。もう平気ですから！　気にしないでください！」

ハリボテの笑顔だ。

きっと彼女はこれから、ずっとそんなふうに笑うんだろう。

いろんな感情を飲み込み、ひたすら蓄積させ、いずれ破裂させる。

何もしないと決めた由美子《ゆみこ》たちには、何ら関係ないことではあるけれど。

そして、いつもどおり演技指導から始まった。

今日は比較的落ち着いているようで、助監督から録《と》り直《なお》しも要求されなかったし、脚本家が台本の修正を望むこともなかった。

どことなくほっとした空気が流れる中、音響監督も穏やかに演技指導を進めていく。

「今回は、後半がとてもシリアスな展開になります。試験が始まる前半パートは穏やかですが、こちらも試験特有の緊張感を保つようにしてください。後半では、敵対勢力の〝炎舞《えんぶ》〟が試験に乱入してきますが、前半とはさらにメリハリをつけて違う緊張感を……」

今回はシリアス、そしてバトル展開のある回だ。

発表した手前、使わざるを得なかった元ラブコメ要員の男性キャラは、敵対勢力のリーダー、ということになった。今回、マショナたちと戦うことになる。

ずっと彼の扱いに悩んでいた助監督たちだったが、何とか落としどころを見つけたようだ。

それもあって、今回の収録は少しだけ余裕が出たらしい。

しばらく演技指導が続いたあと、音響監督が締めの言葉を述べた。

「何か気になることがあったら、どうぞ」

そこで由美子《ゆみこ》はそっと手を挙げた。

「歌種《うたたね》さん。何かありましたか」

問われて、台本を開く。

「…………………」

心臓が嫌になるくらい激しく波打ち始めた。

緊張で手が震える。泣き出しそうだ。何でもないです、と言えたらどんなにいいか。

怯《おび》えの心を何とかねじ伏せる。

これは自分にとって、必要なことだ。こうしないと、前に進めない。

「……すみません。ここなんですが……。敵に襲われたあと、マショナとシール、クラリスが別れますよね。シールたちは敵を追い、マショナは先生を呼びに行くシーンです」

該当ページを伝えると、全員がそのページを開く。

「ここ、シールはマショナに意地を張りますよね。『あたしらがやられるかよ。どうとでもするから、早く先生呼んでこい』って。本当は、シールって小心者だから怖いはずなのに」

「……そうですね。シールはマショナにライバル意識がありますから。彼女だけに使える魔法の存在のせいで。弱みを見せたくない、と思っている」

「はい。そこはいいんです。ですが、次のセリフ」

強く頷《うなず》いて、ページを開く。

次のセリフを指差して、ゆっくりと言う。

「『さあ、さっさと追おうぜ、クラリス』。……このセリフが、どうしても気になって。シールは意地っ張りですけど、クラリスの前でだけは素直になれる女の子じゃないですか。特にマシヨナに意地を張ったばかりだから、ここでは本音を晒《さら》すんじゃないかって……」

どうしても、そこに引っかかりを覚えた。

ここ数日、ずっとずっとシールのことばかり考えていた。

原作を読み込み、台本を読み込み、自分の中に取り込もうとした。

そうすると出てくる、ほんのわずかな違和感。

しかし、それは役に入り込むためには邪魔なノイズだった。

「それは……、確かに、そうかも、しれません……」

音響監督がちらりと脚本家の柿崎《かきざき》を見る。

すると、彼女はぴゃっと身体《からだ》を跳ねさせて、台本にぐっと顔を近付けた。

ぐしゃぐしゃの頭を掻《か》きながら、呻《うめ》くように言う。

「そう、ですね……。た、確かにシールはクラリスの前では、よ、弱音を吐く、かもしれません、が……。なんというか、ここは強い言葉を使って、弱い心を騙《だま》してる、みたいな……」

歯切れ悪く言う彼女に、緊張しながらも言葉を返す。

「シールがそういう子、ってのはわかります。ほかの人の前でなら、そうすると思います。でも、クラリスの前でだけは、彼女は素直な女の子になると思うんです」
「ん、んんんん……」
脚本家が目をグルグルさせながら、台本を見つめる。
本当はこんなこと、言いたくない。
新人の分際で何を生意気な、という話だ。
けれど――、限界を超えた演技に近付くためには、必要なことだと思った。
そこまでしないと、ダメなのだ。
いろんなものを投げ捨てるくらいの、覚悟がなければ。
視界の端で、結衣《ゆい》が困惑しているのが見える。
ぎゅっと手に力を込めた。
「これ、セリフを変えてもらうことはできませんか」
由美子《ゆみこ》の勇気を振り絞った発言に、脚本家がぎょっとする。
「い、今からですかっ⁉　え、ええと、それは……、えぇ……」
明らかに狼狽《ろうばい》した様子で、台本と由美子《ゆみこ》を交互に見ている。
ひとつふたつのセリフだが、そうそう変えられるものではないと思う。
脚本家には脚本家の見えている世界があり、段取りがある。
だからこそだろう、助監督が口を開いた。

「……すみません、歌種《うたたね》さん。確かにそう指摘されると、わたしもそう感じてきました。ですが、全く不自然というわけでもないですし……。時間もありません。このままでやらせてもらえませんか」

そうなるのは、仕方がない。

大人の対応をしてもらっただけ、ありがたいと思うべきだ。

――だけど、それじゃダメだ。ダメなんだ。

限界を超えるには、どうしても必要なことだから――。

「――どうにか、なりませんか。そうじゃないと、あたしは――」

「やす」

声を掛けられ、はっとした。

千佳《ちか》がこちらをまっすぐに見ている。無表情のまま、首を振った。

自分が何を口走ったかを思い出し、サーッと青褪《あおざ》めていく。

「いえ、生意気を言ってすみません！　あたしも、不自然だとは思ってないです……！」

一転して勢いよく頭を下げると、助監督も脚本家も笑って流してくれた。

そこは救いだったが――、自分の視野の狭さに肝を冷やした。

ここで関係を壊してどうする。踏み越えすぎだ。自分の立場を考えろ。

しかし、同時に心が重くなった。

このままで大丈夫だろうか。足りないものを埋められるだろうか――。

「大丈夫」

不安を抱えていると、千佳《ちか》が小さく囁《ささや》いてきた。

単純なもので、その言葉だけですっと気持ちが楽になる。

その言葉の先に、「任せろ」と続いているからだ。

演技指導は終了し、アフレコに移っていく。

奥から、結衣《ゆい》、由美子《ゆみこ》、千佳《ちか》の順でマイクの前に立った。

調整室ではまた問題が起きているらしく、収録はすんなりとは始まらない。

その隙を見て、隣に立つ結衣《ゆい》が身体《からだ》を寄せてきた。

「あのう、やすやす先輩。さっきのあれ、どうしたんですか。今まではあんなこと、一度もなかったのに……」

「うん？　いやまぁ、そうなんだけどさ……」

指で頬を掻《か》く。

事情を知らない人からすれば、不可解な行動に見えたかもしれない。

改めて聞かれるとばつが悪いが、正直に答えた。

「ある人に言われたんだ。現状に文句を言う前に、演技を詰められるまで詰めろって。それで今回、ようやく突き詰められた、っていうか。そうしたら、気になっちゃって……。シールはもっと、違うこと言うんじゃないかなーって……」

「脚本が、間違ってるってことですか？」

結衣《ゆい》の不用意な発言に、こちらが慌てる羽目になる。

反射的に調整室を見るが、どうやらそれどころではなさそうだ。何か話し合っている。

ほっと息を吐きつつ、言葉を選びながら口を開いた。

「いや、間違ってる、とは言わないけど……。あたしだって、普段なら言えないよ……。だれよりも自分がこのキャラに詳しい！　って思えることなんて、普通はないしさ。今回は相当無理してるんだってば」

結衣《ゆい》は訝《いぶか》しんだ表情で、首を傾《かし》げる。

「なんで、この作品でそんな無理を」

「ん。どうしても、限界を超える必要があるから。そのために、ギリギリのギリギリまで詰めてんの。あたしは未熟者だからさ……、普通にやるだけじゃ、そこまでの演技には――辿《たど》り着《つ》けない――、んだよね。だから――、かな。限界を超えないと、ダメで」

「先輩？」

「たぶんあたしは――少しのノイズでも入ると――ダメなんじゃないかって――思うんだ――没入するために――入り込むためには――音を消さなきゃ――ダメなんだ――だからきっと――森《もり》さんとは――」

「先輩！」

腕を掴《つか》まれ、ぼうっとしていたことに気付く。

結衣《ゆい》が心配そうに「大丈夫ですか？」と顔を覗きこんできた。

手を振って、笑ってごまかす。

「ごめん、ちょっと変なスイッチ入ってるかも。ええとね、あたしらみたいな新人は、やるべきなのは演技を詰めるところまで、だと思う。脚本に意見を言うのは、きっと、違う。だから、絶対真似《まね》しちゃダメだよ」

「それは、しませんけど……」

「それと、これからすることもね」

「？　えっと。どういう……」

『すみません、お待たせしました』

ぼそぼそと話していたが、調整室から声が入り、すぐに身体《からだ》を離す。

マイクの前に戻って、調整室の指示どおりに動いた。

収録するのは、由美子《ゆみこ》が異論を唱えたシーン。

試験中、謎の襲撃に遭ったマショナたちが、二手に分かれるシーンだ。

「ま、待て……っ！　ぐ……っ！」

結衣《ゆい》が手を伸ばしながら、マショナのセリフを口にしていく。

今度は手を押さえて、呻《うめ》くような声を上げた。

襲撃者の攻撃によって、マショナが負傷してしまった。

暗い森の中で、三人は混乱と恐怖に包まれる。

「今の奴《やつ》ら、なんだ？　これも試験の一環かよ？　でも、あれを避けなかったら、マショナはマジでヤバかったよな？」

「そうだと思うわ～。それに、あの黒装束……。たぶん、学校は関係ないんじゃないかなぁ」

状況を整理している最中だが、モニターにはほとんど何も映っていない。

マショナたちの姿も、敵も、森林も、そこにはない。

白い画面にあるのは名前とタイマーくらいで、最低限の情報しか存在していなかった。

けれど。


「――――――――」


徐々に感じる。

痛みを堪《こら》えながら、周辺を警戒するマショナ。

軽口を叩《たた》きながらも、緊張の糸を張るシール。

やさしい声色で間延びしたしゃべり方でも、徐々に怒りが滲《にじ》み出《だ》しているクラリス。

暗くて鬱蒼《うっそう》とした森。張りつめた空気。不気味に空を覆う木々。

作画がなくとも、感じられる。

ないからこそ、目の前の光景を想像できる――。

「……マショナちゃん。先生を呼んできてくれる～？　わたしたちはあの人を追うわ～。逃げられたら、たまったものじゃないもの～」

「待って。追うなら、わたしのほうが。わたしの魔法なら……」

「ケガしてる奴《やつ》に任せられっかよ。あたしらが追うほうがいいに決まってるだろ」

「でも、シール……」

「あたしらがやられるかよ。どうとでもするから、早く先生呼んでこい」

ふん、と鼻を鳴らすシール。

その表情まで、ありありと思い浮かぶ。

あぁ、怖いよね。だって、シールは一番戦いに向いてないんだから。自分の実力がわかっているはずなのに。なんでこんなに強がらないといけないんだろ。

答えは簡単だ。マショナにはそんな姿、見せたくないから。

「……っ。わかった。すぐ、呼んでくるから。待っていて！」

マショナは言うや否《いな》や、箒《ほうき》で飛んで行ってしまった。

それを見送って、シールは言う。

『さあ、さっさと追おうぜ、クラリス』

絶対に許さねえ、という気概を見せるシール。

台本には、「怒りを滲《にじ》ませながら、好戦的に」と書かれている。

あぁ、そうやって演じるべきだ。

指示どおりやるべきだ。

やめたほうがいい。それはやっちゃいけない。受け入れられなかったら、どうする？　実力も実績もない新人がそれをやって、どうなったか聞いたはずだ。やめろ。やめるべきだ。

そうわかっているはずなのに。

自然と、そう演じていた。

自分の――自分の中のシールが――、そう言ったから。

「さぁ……。さっさと、追おうぜ。クラリス……」

声は震え、詰まってしまい、それでもすがるように友の名を呼ぶシール。

怖くて仕方がないことを、クラリスの前でだけは吐露する。

顔を伏せ、身体《からだ》の震えをどうにか堪《こら》えるシールの姿が想像できた。

『そうねぇ、このままじゃ試験を続けられないものね～』

次のセリフは、いつもの調子のクラリスがのんきに言うところだ。

しかし。

「……そうね。このままじゃ、試験を続けられないものね」

まるで、母のように温かく、安心させるような声色だった。

震える友人をやさしく包み、それでも前を向くよう、向けるよう。
シールの手に、クラリスがそっと手を重ねる姿が目に浮かんだ。
それでようやく、シールは勇気をもらって前を向けるのだ。
「…………」
ぶわっと寒気がした。緊張が身体《からだ》を支配する。
一瞬だけ意識が現実に戻り、この状況を自覚してしまう。
怖くて調整室が見られない。
どうしよう、止められたらどうしよう。怒られたら。否定されたら。干されたら。
こんなこと、やっちゃいけないとわかっているのに。
それでも超えてはいけないラインを超えてしまった。
しかし幸い、調整室からはまだ何も言われない。
続行だ。
このあと、どんな注意を受けるかわからない。
けれど今だけは、自分にしかできない演技に集中する——！
「……見えたっ！　追いついたぞ！　……っ！　あいつら、こっちに気付いてる！」
「シールちゃん、避けて！」
箒《ほうき》に乗った魔法使い同士の、空中戦が始まる。

隣のマイクには結衣《ゆい》ではなく、敵役の声優が声を荒らげていた。
自分よりレベルの高い魔法使いに翻弄され、ふたりは追い詰められる。
しかし、そこで放つのが、原作でも登場したふたりの魔法だった。
ふたりの魔力を重ね合わせ、氷と炎を混ぜ合わせた決死の一撃——！
「いくぞ、クラリス……っ！」
「来て、シールちゃん……っ！」
苦悶《くもん》の声の中に見える、信頼。
そして、自然と——由美子《ゆみこ》と千佳《ちか》は——顔を、見合わせていた。
頭の中に流れ込んでくるのは、なぜかこの一年間で起こった様々な出来事だった。
白い光の中に濁流になって呑《の》まれていき、頭の中が完全に白く染まる。
意識がちらつく。
カチリ——、と。
自分の中でようやく、スイッチが完全に切り替わった。
自分の隣にいるのは——シールの隣にいるのは——、最も信頼できる相手だ。
ならば、あとは全力で吠《ほ》えればいい。
同時に息を吸う。
そして、力いっぱいに雄たけびを上げた。

「「届けぇぇぇぇぇぇぇぇぇぇぇぇぇぇぇぇぇぇぇぇぇぇ――――――――っ！」」

重なる咆哮《ほうこう》が空気を震わせた。

千佳《ちか》の――クラリスの声に、引っ張られる感覚がする。

彼女の力強い声に手を引かれ、実力以上の声が自分から発せられている。

――同時に。

こちらが千佳《ちか》を引っ張っている手応えもあった。

ぐっと引き寄せれば、彼女はさらに力強い声へ昇華させる――。

「し、シールちゃん……、こ、これはぁ……っ、む、むりじゃないかしらぁ……」

「ぐ……、持ちこたえろ、持ちこたえろクラリス……っ！　あたしが、いる……っ！」

敵も魔法を放ち、ふたりの魔法とぶつかり合う。

敵に押され、苦しみに呻《うめ》く中、力が抜けそうになった。

あぁ――、この感覚が、欲しかったのだ――、と。

精いっぱいの無茶をして、周りに迷惑を掛けて、どうにか役に自分を落とし込んだ。

分不相応の領域に手を伸ばそうと必死になったけれど、それでもひとりでは届かない。

だけど、ふたりで手を引き合って、どうにか指が掛かった。

互いが互いに影響されて――、高め合って、ようやく辿《たど》り着《つ》ける半人前には未踏の領域。

意地の張り合いなのか、信頼の寄り掛かりなのか、それはわからないけれど。

このとき重なった演技は、きっとひとりでは届かない。

そう、感じた。

これを――、これを、見せたかったのだ。

今、この瞬間の演技だけは、結衣《ゆい》にだって届かない――。

昂揚《こうよう》している。興奮している。

異様な熱に呑《の》まれて、どんどん演技が高みに近付く感覚がする。鼻血まで出そうだ。真っ白い頭の中で、光がチカチカしている。

それはきっと、千佳《ちか》も同じ。

そう確信するほど、混ざり合っている感覚が――。

「――ディスペル・ローズ……っ！」

地の底から響くような声に、息を呑《の》んだ。

自身から漏れた吐息は、演技ではなかったかもしれない。

いつの間にか、奥のマイクには結衣《ゆい》が立っていた。

そして――、その演技は、おそろしいほどの輝きを放っている。

「わたしの――、友達に、手を出すな……っ！　指一本、触れないで。今すぐに――」

敵に対する怒り、仲間を気遣う想《おも》い、自身の傷による痛み、必死で駆けつけた息の乱れ。

それらが完璧に融合した、凄味《すごみ》のある演技だった。

「離れろ――――ッ！」
ぱんっ、と空気が破裂するような叫び。
その声に、クラリスもシールも目を見張ったに違いない。
いや、実際に由美子《ゆみこ》も千佳《ちか》も驚いた。
その一喝はそれほどまでに迫力があったから。
そして、結衣《ゆい》の表情を見て、理解した。
鬼気迫る表情でモニターを見つめる結衣《ゆい》もまた、自分たちに引っ張られていたのだ。

最後のセリフが終わり、音響監督からの指示を待つ。
……これほどまでに緊張する時間もない。
散々好き勝手やったのだから当然だ。
演技が終わった瞬間、足が震え出しそうだった。
しばらく待ったあと、『……ＯＫです』という声が聞こえ、ぶはっと大きく息を吐く。
首に手をやると、じっとりとした感触があった。
全身から汗が溢《あふ》れている……。
これ冷や汗じゃないの……。

とにかく調整室にペコペコと頭を下げるものの、助監督たちの顔は見られなかった。

あぁもうこれ、心臓に死ぬほど悪い……。

いい演技はできたかもしれないけどさぁ……。

そのあとは特に問題なく、収録は進んでいった。

変わったことがあるとすれば。

「すみません！　今の、リテイクさせてもらえませんか！　もっと感情を出したいんです！すみませんお願いしますリテイクさせてくださいお願いします！」

元気な結衣《ゆい》の声が、ブース内に響くようになったことだろうか。

「声でか……」

千佳《ちか》は嫌そうに呟《つぶや》くけれど、どこまでが本心やら。

そして、とても心臓に悪い収録は何とか無事に終了した。

千佳《ちか》といっしょに、真っ先に助監督たちへ頭を下げに行く。

「す、すみませんでした……！　勝手なことばかりして……、本当にすみません！」

幸い、助監督たちは笑って許してくれた。

「いえ、こちらの理解が足りていませんでした。あの演技で間違いないと思います」

「キャストさんがそこまで真剣に脚本を読み込んでくれて、脚本家としても嬉《うれ》しかったです。次は歌種《うたたね》さんに負けないよう、いい脚本を書きますね」

そう言ってくれたのは、本当にありがたかった。

「夕陽《ゆうひ》先輩っ、やすやす先輩っ！」

ブースから廊下に出ると、後ろから声を掛けられる。

結衣《ゆい》だ。

彼女はきゅっと手を握りしめて、泣き出しそうな顔でこちらを見ていた。

気持ちが整理しきれていないのか、何かを言おうとして、やめるを繰り返している。

千佳《ちか》はそれを見て、深いため息を吐《つ》いた。

「だれの演技が、だれも聴いていないですって？」

その瞬間、結衣《ゆい》が泣き笑いのような表情になる。

結衣《ゆい》はさらにぎゅっと拳を握りしめた。

ぶるぶると頭を振って、ようやく普段の笑顔を見せる。

代わりに、一筋の涙がつーっと下りていった。

「──先輩たちは、ずっと聴いていてくれたんですね。わたしの、演技を。それが今日、わかりました」

彼女も自覚できたはずだ。

由美子《ゆみこ》と千佳《ちか》は、お互いの演技を高めるために手を引き合っていた。

引き上げられて、演技がよくなる。よくなった演技を聴いて、相手の演技がよりよくなる。

影響し合い、高め合ったのが伝わっただろう。

そして最後には、結衣《ゆい》も引っ張られていた。

だれも聴いていないなんて、ありえない。

彼女も今回のことでよくわかったはずだ。

声優は出演作を選べないけれど、出演した作品を活《い》かすかどうか、それは選べるのだ。

「高橋《たかはし》さん」

千佳《ちか》は深い呼吸をすると、まっすぐに結衣《ゆい》を見据えた。

「役のことで、あなたはわたしに気を遣っているでしょう。それは認める。でも、それは今だけ。すぐにあなたが追いつけない、真似《まね》できない領域まで辿《たど》り着《つ》くから。今日みたいにね」

もうひとつ、結衣《ゆい》に伝えたかったのはこれだ。

夕暮夕陽《ゆうぐれゆうひ》は、高橋結衣《たかはしゆい》に負けていない。

彼女の重荷を取っ払うためには、この力関係を示す必要があった。

だからこそ、慣れない協力とひどい無茶をしてまで、限界を超えた演技を見せつけたのだ。

この一言を言うために。

「だからせいぜい、今は人の真似《まね》をしてなさいな」

鋭い目つきで声色も冷たかったけれど、隣で聴いている分には温かい。

それは結衣《ゆい》も感じたのか、嬉《うれ》しそうに満面の笑みを浮かべた。

「──はいっ！」

そこで、後ろからスタッフが声を掛けてくる。

「すみません、高橋《たかはし》さん。ちょっといいでしょうか」

「あ、はいはい！　高橋《たかはし》になにか用でしょうか！」

元気よく答えてから、結衣《ゆい》はこちらにぺこりと頭を下げた。

そのまま踵《きびす》を返《かえ》し、たたーっと走っていく。

それに手を振って見送ったあと、千佳《ちか》と顔を見合わせた。

お互いの表情は、なんとも微妙なものだ。

「これでよかったのかなぁ……」

敵に塩を送るというか、自分たちの首を絞めるというか。

助監督たちが許してくれたからよかったものの、本当に危ない橋を渡った。

その結果、結衣《ゆい》は元気になってくれたけれど。

加賀崎《かがさき》が言ったように、将来後悔するようなことがあるかもしれない。

「ま、よかったんじゃない。こっちはこっちで尻に火が付いた、というか。うかうかしていたら後輩に抜かれるって、認識できたわ」

「そこは、まぁねぇ……」

もっと必死にならなきゃいけない、というのは自覚できた。

後輩に地位を脅《おびや》かされるのは、早すぎやしないか。そう思ったこともあるけれど、遅いも早いもないのだ。気を抜いていれば、すぐに足をすくわれる。

自分の椅子を守りたいなら、やるべきことをやるべきだ。

そこで千佳《ちか》は肩を竦《すく》める。

「それに、わたしたちは、あの子に何かしてあげたわけじゃない。何もしてない。ただ、森《もり》さんの真似《まね》をして演技を高めただけだわ」

「まぁ……、そうね。やっぱりあれ、森《もり》さんにしか許されないと思うわ……。もちろん、心構えは真似《まね》させてもらうけど……」

ぶるっと身震いする。

化け物の真似《まね》なんて、するもんじゃない。

今回はたまたま上手《うま》くいっただけだ。

実績も実力もないのに、やっていいことではない。

「ま、いいかぁ……。結衣《ゆい》ちゃんみたいな子がいなくなると寂しいし。きっともう、あの子は大丈夫だよね」

由美子《ゆみこ》が伸びをしながら言うと、千佳《ちか》は小さく頷《うなず》く。

千佳《ちか》の表情は普段より少しだけ柔らかかったが――、それがすぐに曇った。

「そうね。あの後輩は、きっともう大丈夫でしょうね」

憂鬱になるようなことを言う。

「問題は、あっちの後輩だよなぁ……。なんでこう、後輩たちは厄介な問題を抱え込んでくるのかねぇ……」

はぁ、とため息を吐《つ》く。

あの後輩に比べたら、結衣《ゆい》なんてとてもかわいい。すごくいい後輩だ。

まだまだしばらく、後輩たちに悩まされることになりそうだった。

「どうなるのかなぁ、『ティアラ』は……」

由美子《ゆみこ》の呟《つぶや》きに、千佳《ちか》は静かに目を瞑《つぶ》った。

——そして、あれから一度だけ。

今まで沈黙していた原作者が『魔女見習《まじょみなら》いのマショナさん』のテレビアニメについて、ツイッターで触れた。

『作画はお世辞にもいいとは言えなかったけれど、無茶な状況でスタッフさんたちは頑張ってくれたと思う。作品へのリスペクトを感じた』

そして、最後にこう締めくくった。

『何より、メイン三人の声優さんの演技がとてもよかった』と。

「夕陽と」

「やすみのー」

「「コーコーセーラジオー」」

「おはようございます、夕暮夕陽です」

「おはようございまーす、歌種やすみです」

「この番組は偶然にも同じ高校、同じクラスのわたしたちふたりが、皆さまに教室の空気をお届けするラジオ番組です」

「早速なんだけど、なんかめっちゃメール置いてない？　積み上げられてんじゃん。今日こんな読むの？」

「前にメールを読んで、進路の話になったじゃない。それで、全国の進路に迷える子たちから『わかる～！』ってメールが来たんですって」

「本気で進路に迷ってるなら、こんなラジオ聴いてないで自分の人生にもっと向き合ったほうがいいんじゃない……？」

「それに加えて、『僕も、人生相談に乗ってほしいです！』ってメールもたくさん」

「いやいやいやいや。なんで。あれ聞いて、なんで聞いてほしいってなるの？　自分の人生そこそこどうでもよくなってない？」

「会社をクビになって困ってます、って相談も来てるわ」

「高校生になに聞いてんだ。ハローワーク行きなよ」

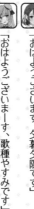

「進路の話も含めて、いろんな相談が来てるらしいけど……。どれも、わたしたちに扱える代物じゃないと思うわ……。わたしたちに何を期待しているの？」

「これ最悪、ユウちゃんやっちゃんに回すか」

「頭いいわね。あのふたり、実のあることは全く言わないけれど、なんとなく元気になれそうなことは言えるものね」

「みんな～！　いろいろ大変だとは思うけど、頑張って！　やすみは応援してるから！　がんばがんば！」

「そうだよ～、無理せず、自分なりの努力を続けていこう？　継続は力なりだよ～。わたしたちも見てるからね～」

「この録音で九割の相談いける」

「意外と有能ね、あのふたり」

「まぁそんな冗談はさておき……。メールいっぱい来てるらしいから、オープニング終わるか。今日もみんなで、楽しい休み時間を過ごしましょー」

「放課後まで、席を立たないでくださいね」

「えー、ラジオネーム、〝ミルキィ〟ちゃん。あ、前に相談してくれた子ね。『この前は相談に乗って頂き、ありがとうございました』。いえいえ。あんなのでごめんね」

「有益なことはまるで言ってないから、気にしなくて大丈夫よ」

Next Page!

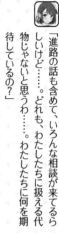

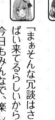

「『あれから親と相談して、いろいろと話をしました。わたしがちゃんと話を聞くと、親もわたしの話を聞いてくれるようになりました』。おー、よかったじゃん！」

「本当に。冷静に話し合えるようになったのなら、何よりだわ。うちと違って」

「やめなさい。『まだ答えは出ていませんが、親と相談しながら考えていきます。ありがとうございました。やすやすの進路も、答えが出るよう祈っています』。おー、ありがとありがと！」

「よかったわね。わたしたちの話も、少しは役に立ったのかしら。だとしたら嬉しいけど」

「そうねー。あたしの心配までしてもらって。一応、あたしも報告しとこうかな。あたしも何とか、進路をどうするか決まったよ。随分悩んだけどね」

「あぁそうね。決めたって言ってたわね」

「あたしは、大学に進学しようと思ってます。いろんな人の話を聞いたうえで、そうしようと思ってさ。経験と保険のため……、って感じなんだけど」

「やす、本当にいろんな人に話を聞いていたものね」

「そーそー。声優の先輩もそうだけど、加賀崎さんとかにもさぁ。あぁ、ユウのマネージャーにも話聞いたし、朝加ちゃんにもねー」

「そういうわけだから、わたしたちはふたりとも受験生になるわね。今年受験の高校生、中学生たち。頑張りましょうね。夏を制するものは受験を制す」

「夏、あたしらライブあるけどね」

「あぁ……、そうね。大変なことはいろいろあるわね……」

「ま、あたしらより忙しくても、しっかり大学に行った先輩たちはいくらでもいるし。ちゃんと頑張りまーす」

「……え、何ですか、朝加さん。『今年の後半から、受験生を応援する番組にしていく？』。いや待ってください。応援してほしいのはわたしたちなんですが」

「人の応援してる場合じゃないのよ。周りは全員敵なのよ、受験生は」

「どうしてもって言うなら、それもユウちゃんやっちゃんに回しましょう」

「あぁいいね。あのふたり、何も実のあることは言わないけど、応援っぽいことはできそうだから」

「わたしたちも頑張ってます～。みなさん、いっしょに頑張りましょうね～。この一年が勝負ですよぉ～」

「やすみたちといっしょに頑張ろうね～！　華のキャンパスライフ！　までもうちょっとだよ～！　いっしょに大学にー！　いこーっ！」

「……そろそろ怒られそうね、わたしたち」

夕陽とやすみのコーコーセーラジオ！
YUHI to YASUMI no KOUKOUSEI RADIO!

to be continued!!!!!

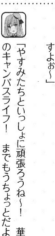

あとがき

お久しぶりです、二月公《にがつこう》です。

さて。ちょっとラジオについて話してもいいでしょうか。

少し前に、大好きなラジオ番組が終了してしまいました……。

四年以上、欠かさず聴いていた番組です……。

何事も始まりがあれば終わりがある……、とは理解しているのですが、いやもう本当そういうのでいいんで正しいのはこの悲しいと思う心だけだ、って感じです。

ラジオを毎回欠かさず聴いていると、もう生活に根付いちゃうんですよ。

毎週毎週、その人たちの話を三十分以上聴く……、っていうことを何年間も繰り返していたら、常に生活のそばにあってくれるものになるじゃないですか。（その番組は途中から隔週になりましたが）

それが次からなくなりまーす！　って言われたらもう、寂しくて仕方がなくて……！

同じ曜日に「あ、あの番組更新されたから聴かなきゃ……、って、あ、そうか。あの番組は、もう……」ってなるの、めちゃくちゃに悲しいです。

わたしもラジオ聴いてる歴がそろそろ長いので、好きな番組が終わる経験は何度もしてますけど、未《いま》だに全然慣れないですね。毎回ちゃんとつらい。

プレイリストから外さないので、終わったラジオ番組の主題歌がランダム再生で流れてくると、そのたびに胸が張り裂けそうになります。（でも聴く）

今もなお続いてくれるラジオには感謝しかありません……。本当に嬉《うれ》しい……。

少しでも貢献できるよう、自分にできることをしていきたいと思います。

今聴いてるラジオ、全部あと五十年続いてほしい……。


それと今回の話なのですが！

アニメの制作現場について、取材はさせて頂いているのですが、誇張やフェイクがかなり入っておりますので、あくまでフィクションとして楽しんで頂けると幸いです……！

それも含め、今回もたくさんの方に物凄《ものすご》くご尽力して頂きました……！

今回も、大変素敵なイラストを描いてくださったさばみぞれさん、いつも本当にありがとうございます……！

いやもう、今回の表紙はもう、ラフの時点で「とんでもないものが送られてきたな……！」と凄《すさ》まじい戦慄を覚えました。さすがです……！　シチュエーションがすごすぎる。

そして、この作品に関わってくださっている皆様、読んでくださっている皆様、いつも、いつも本っ当にありがとうございます！　これからも応援して頂けると嬉《うれ》しいです……！

◉二月　公著作リスト

「声優ラジオのウラオモテ　#01 夕陽とやすみは隠しきれない？」（電撃文庫）
「声優ラジオのウラオモテ　#02 夕陽とやすみは諦めきれない？」（同）
「声優ラジオのウラオモテ　#03 夕陽とやすみは突き抜けたい？」（同）
「声優ラジオのウラオモテ　#04 夕陽とやすみは力になりたい？」（同）
「声優ラジオのウラオモテ　#05 夕陽とやすみは大人になれない？」（同）

本書に対するご意見、ご感想をお寄せください。

ファンレターあて先
〒 102-8177　東京都千代田区富士見 2-13-3
電撃文庫編集部
「二月 公先生」係
「さばみぞれ先生」係

本書は書き下ろしです。

電撃文庫

声優《せいゆう》ラジオのウラオモテ

#05 夕陽《ゆうひ》とやすみは大人《おとな》になれない？

二月《にがつ》 公《こう》

2021年７月10日　初版発行
2024年６月15日　４版発行

発行者　山下直久
発行　株式会社KADOKAWA
〒102-8177　東京都千代田区富士見2-13-3
0570-002-301（ナビダイヤル）
装丁者　荻窪裕司（META＋MANIERA）
印刷　株式会社KADOKAWA
製本　株式会社KADOKAWA

●お問い合わせ
https://www.kadokawa.co.jp/（「お問い合わせ」へお進みください）
※内容によっては、お答えできない場合があります。
※サポートは日本国内のみとさせていただきます。
※ Japanese text only

※定価はカバーに表示してあります。

ISBN978-4-04-913860-3　C0193　Printed in Japan

電撃文庫　https://dengekibunko.jp/

電撃文庫創刊に際して

文庫は、我が国にとどまらず、世界の書籍の流れのなかで〝小さな巨人〟としての地位を築いてきた。古今東西の名著を、廉価で手に入りやすい形で提供してきたからこそ、人は文庫を自分の師として、また青春の想い出として、語りついできたのである。

その源を、文化的にはドイツのレクラム文庫に求めるにせよ、規模の上でイギリスのペンギンブックスに求めるにせよ、いま文庫は知識人の層の多様化に従って、ますますその意義を大きくしていると言ってよい。

文庫出版の意味するものは、激動の現代のみならず将来にわたって、大きくなることはあっても、小さくなることはないだろう。

「電撃文庫」は、そのように多様化した対象に応え、歴史に耐えうる作品を収録するのはもちろん、新しい世紀を迎えるにあたって、既成の枠をこえる新鮮で強烈なアイ・オープナーたりたい。

その特異さ故に、この存在は、かつて文庫がはじめて出版世界に登場したときと、同じ戸惑いを読書人に与えるかもしれない。

しかし、〈Changing Times,Changing Publishing〉時代は変わって、出版も変わる。時を重ねるなかで、精神の糧として、心の一隅を占めるものとして、次なる文化の担い手の若者たちに確かな評価を得られると信じて、ここに「電撃文庫」を出版する。

1993年6月10日
角川歴彦

電撃文庫DIGEST　7月の新刊

発売日2021年7月9日

新・魔法科高校の劣等生
キグナスの乙女たち②

【著】佐島 勤　【イラスト】石田可奈

高校生活を楽しむアリサと茉莉花。アリサと同じクラスになりたい茉莉花は、クラス振り分けテストに向け、魔法の特訓を始める。アリサもクラウド・ボール部の活動に熱中するが、三高と対抗戦が行われることになり!?

俺を好きなのはお前だけかよ⑯

【著】駱駝　【イラスト】ブリキ

姿を消したパンジーを探すという、難問に立ち向かうことになったジョーロ。パンジーを探す中、絆を断ち切った少女たちとの様々な想いがジョーロを巡り、葛藤させる。ジョーロに待ち受ける真実と想いとは――。

声優ラジオのウラオモテ
#05 夕陽とやすみは大人になれない?

【著】二月 公　【イラスト】さばみぞれ

2人が闘志に燃えて臨んだ収録現場は、カツカツ予定に土壇場の台本変更――この現場、ヤバすぎ？　お仕事だからって割り切れない2人の、青春声優ストーリー第5弾！

ドラキュラやきん!3

【著】和ヶ原聡司　【イラスト】有坂あこ

コンビニ夜勤に勤しむ吸血鬼・虎木に舞い込んだ未晴からの依頼。それは縁談破棄のため京都の比企本家で未晴の恋人のフリをすることで!?　流され気味の虎木に悶々とするアイリスは決意する――そうだ、京都行こう。

日和ちゃんのお願いは絶対3

【著】岬 鷺宮　【イラスト】堀泉インコ

どんな「お願い」でも叶えられる葉群日和。そんな彼女の力でも、守り切れないものはある――こわれていく世界で、彼は見なくてすんでいたものをついに目の当たりにする。そして彼女が彼に告げる、最後の告白は――。

オーバーライト3
ロンドン・インベイジョン

【著】池田明季哉　【イラスト】みれあ

ロンドンからやってきたグラフィティライター・シュガー。ブリストルのグラフィティ文化を「停滞」と評し上書きを宣言！しかも、ブーディシアと過去何かあった模様で……街とヨシとの関係に変化の嵐が吹きおこる。

ギルドの受付嬢ですが、残業は嫌なのでボスをソロ討伐しようと思います2

【著】香坂マト　【イラスト】がおう

憧れの“百年祭”を満喫するため、祭り当日の残業回避を誓う受付嬢アリナ。しかし何者かが流した「神域スキルを得られる」というデマのせいで冒険者が受付に殺到し――!?　発売即重版の大人気異世界ファンタジー！

ウザ絡みギャルの居候が俺の部屋から出ていかない。②

【著】真代屋秀晃　【イラスト】咲良ゆき

夏休みがやってきた！　……だが俺に安寧はない。怠惰に過ごすはずが、バイトやデートと怒涛の日々。初恋の人“まゆ姉”も現れ決断の時が訪れる――。ギャル系従妹のウザ絡みが止まらない系ラブコメ第2弾。

新作
使える魔法は一つしかないけれど、これでクール可愛いダークエルフとイチャイチャできるならどう考えても勝ち組だと思う

【著】鎌池和馬　【イラスト】真早

「ダークエルフと結婚？　無理でしょ」僕の夢はいつも馬鹿にされる。でも樹海にいるじゃん水浴びダークエルフ！　輝く銀髪小麦色ボディ弓に長い耳ぴこぴこ、もう言うぞ好きだ君と結婚したい！　……だったのだが。

新作
嘘と詐欺《ペテン》と異能学園

【著】野宮 有　【イラスト】kakao

エリート超能力者が集う養成学校。そこでは全てが勝負の結果で判断される。ある目的から無能力ながらも入学した少年ジンは、実は最強の詐欺師で――。詐欺と策略で成り上がる究極の騙し合いエンターテイメント。

男女の友情は成立する？（いや、しないっ!!）

アタシと親友だけの青春やってようぜ！

友情を誓った親友同士が――まさかの〈両片想い〉に!?

七菜なな

イラスト／Parum

ある中学生の男女が、永遠の友情を誓い合った。1つの夢のもと運命共同体《しんゆう》となったふたりの仲は、特に進展しないまま高校2年生に成長し!?　親友ふたりが繰り広げる、甘酸っぱくて焦れったい〈両片想い〉ラブコメディ。

電撃文庫